オルフェウ・ダ・コンセイサォン

三幕のリオデジャネイロ悲劇

ヴィニシウス・ヂ・モライス
福嶋伸洋 訳

創造するラテンアメリカ 5

松籟社

ORFEU DA CONCEIÇÃO

by

Vinicius de Moraes

VM CULTURAL
www.viniciusdemoraes.com.br

Translated from the Portuguese by Nobuhiro Fukushima

わが娘　スザーナ・ヂ・モライスに捧ぐ

さあ　黄金の竪琴をふたたびかき鳴らせ
さらに音高く　さらに音高く弦を弾いて
彼の眠りの束縛をまっぷたつに引き裂き
目覚めさせよ　いかづちの轟のごとく
　さあさあ！　恐ろしい音が
　彼のこうべを上げさせた
　死からよみがえるように
　そして驚いて　彼は辺りを見渡す。
　　ジョン・ドライデン《聖セシリアの日を讃える頌歌》

……パンもなく音楽もなく
混乱した孤独へと落ちゆき
そこでオルフェウスに残されるのは
たましいのための一本のギターのみ
リボンと掻き傷で
覆われた一本のギター
そして人びとのうえで歌う
貧しさの鳥のように
　　パブロ・ネルーダ《クリーム》

オルフェウ・ダ・コンセイサォン　三幕のリオデジャネイロ悲劇

オルフェウスの神話*

オルフェウスは不幸な末期《まつご》を迎えた。コルキスへの遠征のあとトラキアに留まり、そこで美しいニンフ、エウリュディケーと結ばれた。ある日、エウリュディケーが、彼女を愛する羊飼いのアリスタイオスに追われて逃げているさなかだったため、茂みに蛇が潜んでいるのに気づかず、その蛇に噛まれた。そのあとエウリュディケーが死ぬと、オルフェウスはアポロンにもらった竪琴をかき鳴らしてトラキアの山々を歩き、悲しみを癒そうとしたが叶わなかった。苦しみを和らげるものは何もなく、エウリュディケーの思い出がいつなんどきもつきまとった。

彼女なしで生きることができないため、人間たちの祈りによっても鎮まることのない魂が住む闇の世界へ彼女を探しに行くことを決意する。竪琴から流れ出る旋律の響きに呼び寄せられるように、光なく生きる幽霊たちがやってきて、夜の鳥たちのように静かに聴き入っていた。情け容赦のないエリーニュスたちの御髪成す蛇たちも笛のような音を立てるのをやめ、ケルベロスは三つの口の深淵を閉じた。ついに無情なる闇の世界の王に近づき、オルフェウスはエウリュディケーを太陽の世界に連れ帰る許しを得る。ただしその願いが叶えられたのは、愛するひとが自分に附いてきているかを見るためにうしろを振り返ることをしないという条件のもとでだった。しかし、ふたりがまさに陽の光の下に出ようとした瞬間、恋する不幸な男は、愛の不安に駆られた。エウリュディケーを見たくてたまらなくなり、オルフェウスが振り返り、彼女に向けたまなざしただひとつで、エウリュディケーを永遠に失った。

いなくなったエウリュディケーを、オルフェウスは恋しさの悲しみに暮れて探しにいった。その一途さに傷つけられ、侮辱されたと感じたバッカスの信女たちは、ある聖なる夜に彼に襲いかかり、その体を八つ裂きにする。しかし詩の女神ムーサたちは、オルフェウスが自分たちに忠実に仕えていたため、その遺体をかき集めてオリュンポス山の麓に埋めた。彼の頭と竪琴は川に投げ捨てられたが、流れにレスボス島まで運ばれ、そこで敬々しく拾い集められ、祀られている。

＊古典学者マリオ・ムーニエの著書『神々と英雄たちの黄金伝説』からの抜粋。

この悲劇の登場人物はみな、通常は黒人俳優によって演じられなければならないが、このことは、白人俳優によって演じられることを妨げるものではない。

これは庶民の話し言葉が重要な役割を果たす戯曲であり、庶民の言葉はきわめて変わりやすいものであるため、上演の際にはその新たな状況に合わせなければならない。

戯曲にたびたび現れる、アントニオ・カルロス・ジョビン作曲のサンバの歌詞は必ず、演劇をつねにあたうるかぎり現代風のものにするよう、舞台で使われなければならない。

登場人物

オルフェウ・ダ・コンセイサォン　音楽家
ユリディス　その恋人
クリオ　オルフェウの母
アポロ　オルフェウの父
アリステウ　ミツバチ飼い
ミラ某　丘の女
黒い婦人

プルタォン　冥府の悪魔たちの王
プロゼルピナ　その女王
セルベロ（ケルベロス）
丘の人びと
冥府の悪魔たち
合唱隊と合唱隊長

舞台　リオの丘
時代　現代

第一幕

舞台

丘は、街を見下ろす櫓《やぐら》のようにそびえ立ち、街の光は遠くに煌めく。高台の背景には家々が立ち並び、崖と隣り合わせになっている。高台の左側は半円を成す小さな石壁に守られていて、その上からひとすじの階段が下りてきている。月明かりの夜、動くものはなく、完璧。オルフェウの掘建小屋がまんなかにあり、小さなランプがいくつかちらちらと明滅している。幕が開くとき、舞台には誰もいない。長い静寂のあと、遠くで、啜り泣くようにワルツを奏でる*ギターの音が聞こえはじめ、それが少しずつ近づいてくるが、その弾きざまはまるで愛を語らうように神々しく単純で、心に直《じか》に響く。合唱隊長が姿を現す。

*この戯曲ではかならず、わたしの作ったワルツ《ユリディス》が演奏されなければならない――ヴィニシウス・ヂ・モライス。

合唱隊長
この人生は、あまりにも危なっかしい
恋心を抱く者にとっては、とりわけ
ふいに月が現れるときには
そして空に、忘れられたように留まるときには。
そして狂乱せる月明かりに
何らかの音楽が伴うなら
用心しなければならない
女がひとり、近くを歩いているはずだから。
近くを歩いているはずだから
音楽と、月明かりと、感傷から成るひとりの女
人生が望まないほどの完璧さを備えた女が。
〈月〉そのもののようなひとりの女。
あまりにも美しいので、苦しみばかりをまき散らし
あまりにも純潔なので、裸で生きているかのような女。

クリオ（小屋の中から、寝ぼけた声で）

オルフェウのギターよ……。ねえ、アポロ。

アポロ　（やはり小屋の中から、あくびをしつつ）

気にするなよ……。

クリオ

ねえ、起きなさいったら！　あなたの大切な息子が

弾いてるのよ！

アポロ

おれにわからないとでも言うのか？　まったく！

女ってのは

余計なことばっかりしゃべくるんだからなあ！　誰が

あいつをつかまえて教えてやったんだ？

誰が思いついたことだ？　誰があの最高のギターを

買ってやったんだ？　あれはなあ

ああ恐ろしい！　クリオ、誓って言うが

そよ風に当たるだけで音楽を奏でたりしたこともある楽器なんだぞ……。

クリオ

ほんとね。あなたが教えてあげたんだったわ……。
それであの子が覚えた、わたしのオルフェウが。それで今は
誰もあの子みたいには弾けはしない
誰よりじょうずだった名手だって敵《かな》わない。聴いて
アポロ、なんてきれいなんでしょう！　なんて胸が痛むんでしょう！
涙が出てきそう……。

アポロ

おれの息子はものすごくうまい、まるで
人間じゃなくて、自然の声が歌ってるみたいにさえ思える……。
もし星が話せたら、あんなふうに話すだろうなあ。
聴いてみろ（笑う）。あんなふうに弾いたら
神さまだってご機嫌を損ねるぞ。ほら、なんて和音《コード》だろう！
なんて澄んだ響きだろう！　知ってるか？

思い出すよ、小さい頃
土間でハイハイしながら
神さまがお創りになったままに素っ裸で
口を開けて、何かつぶやいてた
夕暮れどきの空に瞬《またた》きはじめる
星たちを見ながら……。おれは思ったよ
あの子は星たちとお話してるんだって……。
ほんとにお話してるのかもな。

クリオ

話しますとも！
でも静かにして。オルフェウが弾いてるのに
おしゃべりするなんて罪にさえなるわ。

（音楽が、和音を奏でつつ、自由に展開してゆき、しだいに近づいてくる。サンバのリズムがはっきりとしてきて、そこここで、郷愁を誘うリズムが夜を満たす。時折、遠くから、音が、女が歌う高い声が、誰かを呼ぶ

男の声が、バトゥカーダ*の練習からこぼれ落ちるように聞こえてくる。だが、水晶のように透き通ったギターの音がつねに際立っている。ある瞬間、夜は突如として濃密になる。あたかも、厚い雲が月を覆ったかのように。場が明るくなると、階段の最上段に、ギターを肩から提げたオルフェウがいる。)

オルフェウ
音楽はみんなおれのもの、おれはオルフェウ!

(石壁に近づきながら、和音をひとくさり奏でる。どこからとも知れず、白い鳩たちが飛んできたかと思うと夜のなかに消えてゆく。近くでは犬たちが遠吠えしている。猫がやってきて、この音楽家オルフェウの足もとに体をすりつける。動物たちの声、葉擦《はず》れの音が、風に運ばれるようにして、魔法のギターからピアニッシモで花開く旋律を一瞬、かき消す。オルフェウがうっとりとそれに耳を傾けてからふたたび弾きはじめると、こんどは自然の音のほうが鳴り止む。このような音の押し合いがしばらくのあいだ続いたのち、声、物音、音楽のすべてが静止する。)

* バトゥカーダ:サンバの打楽器隊。また、その演奏のこと。

オルフェウ
おれはオルフェウ……でもおれは誰なんだ？　ユリディス……。

（一瞬、音が、嘆くような犬の声が、巣のなかの鳥たちの悲しげな泣き声が戻ってくる。そののちギターの旋律が、優しく撫でるようにふたたび始まる。）

オルフェウ
ユリディス……　ユリディス……　ユリディス……。
愛のあれこれを語るように求める
名前。わが愛の名、風がそれを覚えて
花びらを散らせる。
名もない星の名前……　ユリディス……。

（グリッサンド*で、自分が呼んでいる名前を奏でようとする。そののち幸せそうに笑い、頭を揺する。）

＊グリッサンド：ギター奏法のひとつ。弦を押さえたまま指をすべらせ、音の切れ目を作ることなく音程を変えること。

クリオ（中から）
オルフェウ？　おまえかい？　何をしてるんだい？
ひとりごとかい？

オルフェウ
母さん、まだ寝てなかったの？

クリオ
ばかなことを訊くねえ！
寝てたらこんなことを訊いてやしないよ。
頭はどこにあるんだい、オルフェウ？

オルフェウ（小声で）
空にさ。

（掘建小屋の中から物音がして、すぐにクリオが戸口に現れる。じっとして、気づかれずに息子を見守る。それからアポロが現れ、ふたりはそこに留まってギターを奏でるオルフェウのしぐさに細かに注意を向けている。）

オルフェウ（囁き声で）

ユリディス……どこにいるんだ、ユリディス？

（一秒たりとも弾く手を止めない。あたかも、裡《うち》なる音楽に意識を向けているかのように。だが突然、観られていることに気づいたように、われに返る。）

オルフェウ（少し怒った声で）

母さん？　父さん？　どうしたんだ？　もう中に入ってよ！

こんなに寒いのにあったかいベッドを抜け出すなんて……

分別がないの？

クリオ

分別がないのは

どっちだい？　わたしかい、それともおまえかい？

自分の分別を少し分けてあげたいと思ってるわたしと
分別があったのに失くして
それがどこにあるかもわからないおまえと？

オルフェウ（自分に言うように）　どこにあるか知ってるさ。
知ってるさ！　母さん、いま
オルフェウの分別にはちがう名前があるのさ
あるひとの名前……いま
オルフェウの分別は小さな声で歌ってる
オルフェウの、でもオルフェウのものではない詩を。
それはあるひとの名前……いま
オルフェウの分別は真っ白に着飾って
オルフェウに会うために丘を登ってるんだ！

クリオ　おまえ

どうしたんだい？　わたしのオルフェウはどこに行ってしまったの？
まるで別人みたいだよ……。

アポロ

構うなよ
放っておけよ……。

オルフェウ

いや、父さん
その話が出てちょうどよかったよ。ぼくは……。

クリオ

おまえ、今日はギターを弾きすぎだよ……。
いつも弾きすぎなのはわかってるさ、でも今日は
おまえのギターの音がわたしの眠りのなかにまで入ってきたのさ
悲しい話し声みたいにね。
何かあったのかい、おまえの母さんが

知りたいような知りたくないようなこと
老いぼれの黒人女の苦しみになるようなことが？

オルフェウ（優しく）　母さん……（駆け寄ってキスする）
母さん、どうして？……。

クリオ　どうしてだって！
わたしたちがかよわい生身の人間なのは何のため？
この黒い世界に息子を生み落としたのは何のため？
苦しんだり、草むしりをしたり、疲れきったり
おっぱいを絞って、お乳も血もあげたりするのは何のため？
いやになるほど洗濯ばかりするのは何のため？（隣にいるアポロを見やる）
どうしようもない
大ぼらふきの、酒場で底なしに飲み続ける

ろくでもない男を養ってるのは何のため？
母親が息子を育てるのは
わたしみたいに育てるのは
男たちからも女たちからも愛されて尊敬される
完璧な人間にするためじゃないのかい？

（アポロはオルフェウを見て、肩をそびやかして小屋の中に入る。母が黙ると、音楽家オルフェウは小さな音で、いらだつような和音を奏でる。）

オルフェウ

ああ、母さん

母さん、ばかなことを言わないでよ！　それにどうして
父さんの悪口を言うのさ、あんなに
音楽家としてすばらしいのに、ぼくが知ってる
和音《コード》の押さえ方とかハーモニーはみんな父さんに習ったんだ。それに何も
悪いことはしてない
したのはすごいこと、詩を作ることだったんじゃないか……。

クリオ
ああ、もう人生が嫌になったよ
もう死にたいよ……。

オルフェウ
　　　　　　　　　　　　孫の
顔も見ないで？　きっと
すごい大物になるのに？

クリオ（彼に近づいて）
なんて突拍子もない話なんだい？

オルフェウ（両手を彼女の肩に置いて）
とっても偉大な母さん、それにとってもばかな母さん！（ふたたび弾きはじめる）
母さん、ぼくは
ユリディスと結婚したいんだ……。

ユリディスとだって？
クリオ（絶望した声で）
ユリディスとだって？　でも……どうして？
オルフェウ（甘く爪弾きながら）
あの子が好きなのさ、母さん。その好みが
この舌から消えることはないんだ
あらゆるすばらしいものを味わったあとでの好みなんだ……。
ぼくが小さかった頃の母さんのキスとか
ぼくが初めて作った歌とか
いまぼくがある場所にたどりつきたいと思ってた夢とかね……。
言葉では表せない好み
ただ音楽だけが知っているような……。
（言葉にならないものを表わそうとするようにギターを爪弾く。）
母さん
ぼくはユリディスを望んでいて、ユリディスはぼくを望んでいる
あなたのオルフェウも、母さん、男なんだ

女のひとが必要なんだ……。

クリオ (気を悪くして) 女だって?!

オルフェウの手に入らない女なんてどこにいるんだい?
呼ぶだけでおまえのものじゃないか……。丘はおまえのもの
おまえだけのもの。母さんだっておまえのものだし
女はひとり残らずおまえのもの……。どうして
自分を束縛するんだい? 考え直してごらん
おまえは自由になるために生まれてきたんだよ、オルフェウ!
囚われのオルフェウなんて……。

オルフェウ

母さんはわかってないよ。ぼくはもうぼくじゃない
別人なんだ、母さん……。オルフェウはユリディス
オルフェウの音楽は風と花のようなもの
花がなければ香りはない

ただの風だけ、風だけなんて
悲しいよ、母さん……。

クリオ

いいかい
そんなことはわかってるさ。
わたしが言いたいのは別のことさ、オルフェウ。
おまえがユリディスを好きなのは構いはしない。
たしかにあの子みたいにきれいで
いいムラータ*はこの丘にはいない――ほんとうに
かわいらしい、優しい子だよ……でも
何のために？　おまえのことはよくわかってる、オルフェウ
おまえの母さんなんだからね、ユリディスにはわからないさ
わかってるのは母さん、どうしたらいいか言ってやれるのは母さん
先が見えるのは母さんだよ！　だからわたしは怖いんだ
どんな破滅が、どんな災難が待ってるのか
おまえのその、むだな結婚にさ。

ムラータ：ヨーロッパ系白人とアフリカ系黒人との混血女性をさす呼称。

そんなにいい男のおまえ、そんなにギターが好きなおまえ
そんなに女たらしのおまえが。
手遅れになる前に
言うことをお聞き……。わたしのことなんてどうだっていいのさ……。
母親なんて使い捨てするためにあるようなもの……。
でも気をつけるんだよ。ひとつの結婚で
つながりを断ち切るんじゃないよ。おまえは
あらゆる女を使い捨てにしてきたんだ
もちろんおまえだけのせいじゃないさ
おまえの音楽で女たちに魔法がかかっちゃうんだからね
でもいいかい
他人の嫉妬を買うもんじゃない。気をつけな、オルフェウ
自分が食べた皿を捨てるもんじゃない……。
あの子がほしいのかい？　それはいいさ！
付き合えばいいさ……でも母さんの愛にかけて
結婚はやめておくれ。何のために結婚するのさ？
結婚なんて金持ちのすることさ。結婚なんかしないでおくれ！

結婚したら家がほしくなるし食い扶持もほしくなる
貧乏人はいっしょに棲むだけで十分さ
あの子といっしょに暮らせばいいさ。結婚はしないでおくれ！

（母親が話すあいだ、オルフェウは一瞬たりともギターを弾くのをやめない。あたかも、音楽で彼女と会話をしているかのように、ときには思いきり優しく、ときには極度にいらだって。しかし、説得を終えたクリオの苦しげな表情を見るや、彼女のもとへ駆け寄って抱きしめる。）

オルフェウ
母さん！

クリオ（泣きながら）
お願いだから結婚しないでおくれ！

（オルフェウの肩の上に両腕をかけて頭を引き寄せ、その額に荒っぽくキスする。オルフェウは一瞬のあいだ、前屈みになって身じろがずにいる。）

身を起こすと、ひとりになっている。驚いて、まなざしを虚ろにしている。彼のギターは、迷子になったように、魂の様子を反映するように、痛ましい不協和音を奏でる。ユリディスの名前に当たるフレーズが、彼の苦しげな爪弾きのなか、刺すように現れる。彼は石壁に近づき、街の明かりのほうを向く。ひとすじの風が竪琴のような音をもたらすが、それはユリディスの名前を発しているかのよう。この瞬間のからくりのなか、すべてはユリディスであり、この愛される女性の存在感が、曰く言いがたい力と運命とともに場に留まる。)

オルフェウ
ユリディス！　ユリディス！　ユリディス！

（ギターは三つのよく似た和音で応える。しだいに、この楽器から芽吹く形なき音楽の塊から、くっきりとしたリズムを持ったある旋律が現れはじめる。オルフェウは、呼び声に注意を向けつつ、より細心にいくつかのフレーズを爪弾く。サンバが形を取りはじめてゆき、同時に、おのずから生まれ出てくるような詞が、最初はばらばらに歌われるが、しだいに音楽に乗ってゆく。）

オルフェウ（《女のひとの名前》を歌う）

きみの名前
つぶやく　だけでも
心が震えて
涙が出る
胸さわぎは
高まる
ぼくはわからなかった
愛のこと
きみと出会うまで
変わらぬ
この愛

（その旋律を幾度か繰りかえしながら口ごもるように歌い、少しばかりサンバのステップを踏む。終えると、ひとりで笑う。）

オルフェウ

ああ！　いいサンバだ！　このサンバが
丘を降りて広まるのが見えるぞ……おれのなかには
音楽の渦《うず》があるみたいだ！　もう一曲
出てきそうだ！　落ち着けって！
ギターも騒ぐなよ！　そんなことしてもしかたないさ！
もっとゆっくり行こう……。こんな（爪弾く）
旋律《メロディ》はどうかな……。歌のフレーズになるかな……。
歌の名前は……。

ユリディス（しばらく前からそこにいて彼を見守っていた）
……ユリディス！

オルフェウ

おまえがしゃべったのか、ギターよ？
それとも心のなかにある彼女の名前を
おれが気づかずに言ったのかな？……。

ユリディス
ちがう！
あなたの恋人がほんとうに来たの、オルフェウ！
わたしだってば……。

オルフェウ（振り返って彼女と面と向かい、眩惑したように後ずさりする）
ユリディス！　幻だ！

ユリディス
わたしなしでどうしてたの？
わたしのこと考えた？（溜め息をつく）三時間四〇分も
わたしは愛するひとを見ないでいたの
ああ！　わたしの、誰よりも美しいひと……。
（たがいに駆け寄って、熱く抱き合う。）
苦しかった！

オルフェウ
苦しみだけだったよ！

ユリディス
わたしの心の音を聞いて
どきどきしてるでしょ。走ってきたの……。

オルフェウ（恋人に頭を抱かれたまま、啜り泣きはじめる）
この苦しみが何なのか、おれにはもうわからないよ
きみへの愛、狂おしいこの胸に収まりきらない
愛なのか、きみを今以上に愛したいなんていう
ありえない望みなのか。（彼女を見るために身を離す）
ああ、愛するひと、きみはなんてきれいなんだろう！

ユリディス
この世界できれいなものはたったひとつ。それはオルフェウ！（彼にキスする）

オルフェウ
誰かがおばかさんみたいに泣いてる……おれじゃないぞ！
ユリディス（彼の目にキスする）
わたしが大好きなひとの涙
こんなに澄んだ涙……あなたの黒い肌のうえにあると
夜の星たちみたい……見せて
ひと粒ひと粒、飲み込みたい
星に酔ってみたいの……。
オルフェウ
ああ！　ユリディス
恋しくてたまらなかったよ！
（ふたりは手をつないで笑い、たがいを見つめる。）
ユリディス
きみが生まれる前におれが生まれたなんてことが

ありうるのかな？　おれはただの骨の束と
ちょっとばかりの肉と黒い肌だけだったんじゃないかな？
それにふたつの足とふたつの手とさ？　感情も
考えも無に等しかったんだ！　オルフェウは
ユリディスが生まれたときに生まれたんだ！

ユリディス
わたしの胸を甘くしてくれるひと！　あなたが優しく囁《ささや》くと
わたしは全身に鳥肌が立つの！　ひどいひと
あなたが好きで死にそうになる！　わたしを惑わせる！
そんなに優しく話しかけないで
まだ、まだ、だって
結婚もしていないのに……。

オルフェウ（彼女をかきいだいて）
恋しい！
おれを狂わせる、おれに命を吹き込む恋！

現実になった理想のひと
きみがほしいんだ！

ユリディス　　まだだめ！
お願い、もうちょっとだけ待って
二日後にわたしたちは結婚するんでしょ
約束どおりに。結婚も何もかも
全部決めたじゃない。もう
ウェディングドレスも縫いあげたし、ヴェールも買ったし……。
神さまがお望みのとおりにしましょう
そうでしょ？

オルフェウ（彼女を強く抱きしめる）
恋しくて、恋しくて、恋しくて
きみが恋しくてたまらないんだ！

（気持ちを抑えきれないようにキスし、そのあいだに空は、雲が月を覆ったかのように暗くなる。形のないいくつもの声のような音が、風に乗ってくるよう。その直中《ただなか》に突然、ユリディスの悲しそうな声が漏れる。）

ユリディス（抑えた声で）
ねえ、待って。お願いだから
まだだめ！　まだだめ！

（月の光がふたたび舞台を照らす。オルフェウはゆっくりと恋人の両腕から身を引きはがす。）

オルフェウ
ごめん、赦してくれ、ユリディス
もし愛が赦しを求めてもいいなら。
あと二日……長い時間だね、ユリディス（口調を変えて）
わかったよ。なんとかがまんするさ
おれは愛で死んでしまうけど、いいかい？　だってモレーナ*は

*モレーナ：浅黒い、あるいは褐色の肌をもつ女性をさすことば。

おれがほしくないんだ……。

ユリディス（悲しそうな声で）

もう、しょうがない、悪いひと！　お願いだから

そんなことだけは言わないで……。

オルフェウ

冗談だよ、ユリディス……。

おれの愛するひと

ユリディス

わるいのはわたし……。

ごめんね

オルフェウ

誰もわるくなんかないさ

ユリディス……愛のせいだよ――ただそれだけのこと……。

ユリディス（深くため息をつく）

もう！　わたしには何がなんだかわからない……。

（ふたりは幸せそうに笑う。それからふたたび、こんどは果てしない優しさを込めて抱き合う。）

オルフェウ（恋人をあやすように揺らしながら）

きみはなんてすばらしいんだろう……ユリディス……ユリディス……。

ユリディス

女心は猫心って言うけど、ほんとにそのとおり。

（ふたりは抱き合ったままさらに笑う。ユリディスが身を離す。）

オルフェウ

もう行くのか？

ユリディス　行かなきゃならないの……。
家に帰って
お母さんに会わなきゃ。
オルフェウ　頼むから戻ってきてくれよ……。
新しいサンバを作ったんだよ
もしかしたらきみが戻ってくるまでに
また一曲できるかもしれない……。
ユリディス（ギターに向かって）教えて、ギターさん……もう一曲できるの？
（オルフェウは気ままにギターを爪弾く。）

オルフェウ

きみが言うとおりにする

って言ってるよ。

ユリディス（十字を切って）

神さま！　ほんとに

このギターがしゃべってるみたい……。

ほんとに話すかどうか確かめてみて。

（オルフェウはふざけて、彼女に言いたいこと、彼女への切望を表現して、恋人を笑わせる。）

じゃあね、オルフェウ。

すぐに戻ってくるから。

（突然、風がふたたび吹き、夜の奇妙な物音が戻ってくる。ユリディスが離れてゆく数秒のあいだ、ギターが烈しく鳴る。）

オルフェウ（叫ぶ）

ユリディス！

ユリディス（びっくりして振り返る）

どうしたの、オルフェウ？

何かあったの？

オルフェウ

わからない。

急に何か感じたんだ

きみを見たくて、苦しくなって……。

（舞台は幻想のように明るくなる。あたかも、月明かりの強さが、自然の力を超えて増したかのように。）

ユリディス！

行かないでくれ！

ユリディス

オルフェウ、ばかなこと言わないで!

ちょっとだけなんだから。すぐに戻ってくる……。

オルフェウ

どうしてきみはそんなふうなんだ?

きみはどうしたんだ?

ユリディス

きっと月のせい。

月の明かりのせい。大丈夫。

オルフェウ

ああ、きみはおれを苦しめてる

ユリディス!　悪夢みたいに苦しいよ!

おれにはきみがもう死んでいるみたいに見える

死んでいるみたいに遠くに……。

ユリディス（彼に近寄って）

わたしは死んでる。
愛で死んでるの。死んで、埋められて
上に十字架やら何やら立てられて！

オルフェウ（微笑んで）

ユリディス
急いで行くんだ。神さまのご加護といっしょに。
ここにおれの抜けがらは残って、きみを待ってる
命を与えてくれるきみを！
（ユリディスは投げキスをして去る。）
愛しくてたまらないひと！
今きみはここにいないから
おれの胸を涙に暮れさせてもいいだろう！　きみは
おれの命のなかに刻み込まれた、時が過ぎてゆくほどに
きみへの愛は募る、時が

愛の精髄をおれに注ぎ込むんだ、ユリディス……。
きみは知ってる？　苦しみがやってくるたびに、この想い
遠くにいるときには近くにいたいと、近くにいるときには
もっと近くにいたいという想いに駆られる――おれにはわからない
弱くなって生きる苦しみ、胸からは
想いが蜜のようにあふれ出す。もう
自分が自分じゃない、オルフェウじゃないみたいだ。
こんなことのすべてが
ひとりの男の心を乱してしまうけれど――そんなことも
どうってことないんだ
きみがやってきて、いつものおしゃべりをして
うれしそうにして、幸せをもたらして
その体で……！　きみが話すことは
おれに力を、勇気を
王さまみたいな誇りを与えてくれる。ああ、おれのユリディス
きみはおれの詩、おれの沈黙、おれの音楽！
絶対に離れていかないでくれ！　きみなしではおれは何でもない

意味のない、捨てられたもの
転がった石ころでしかない。ユリディスなしのオルフェウなんて……。
理解できない！　きみなしに生きていることなんて
時刻を指す針のない時計を見るようなものさ。きみこそが時刻
きみこそが時間に意味を、方向を与えるものなんだ、ユリディス
愛しくてたまらない！　母さんとか父さんとかが何だっていうんだ！
生きることが美しいのはきみがいるからなんだ、愛しいひと
果てしなく愛しいひと！　ああ！
誰が考えついただろう、オルフェウが
ギターで街に命を吹き込むオルフェウが
甘く話せば花に吹く風みたいに
女たちの花びらを散らすオルフェウが
こんなふうにきみの魅惑にまいってしまうなんて！
黒い肌、白い歯のムラータ
きみはきみの道を行けばいい、おれはこの想いのなかでは
きみを追っていくけれど
満月の明かりのもと、きみを想う男の腕のなかに

永遠に留まるために戻ってくるときのために、ここにいる！
きみが生きる道を行けばいい、幸せな鳥みたいに
きみが生きる道を行けばいい、おれはずっときみといっしょにいるから！

（最後の数行のところで、オルフェウがふたたび手に取ったギターは、新しい旋律を奏ではじめている。そのサンバは少しずつ姿を現し、詞が自然に、練習しているような雰囲気で、形を成してゆく。オルフェウは《誰もがきみみたいなら》を歌う。）

きみはゆく
陽の当たる道を
歩むたび
想いはあふれる
心開いて　歌えばいい
愛の歌　ひとり
ひそやかに

誰もがきみみたいなら
幸せなのに
空を漂う
街に流れる
きみの歌声
微笑み　祈り　願う
この愛を
輝く花添えて
いつまでも歌う
誰にも見えない
光は見える
世界がきみであふれるなら

（最後の数行のところで、ミラがやってくる。）

ミラ
そう、まあいいわ……。オルフェウ、新しいサンバができたの？

オルフェウ（たまたま彼女を見たというように）

そうさ。新しいサンバ。元気かい？　じゃあまたな。

ミラ

まあ、素敵なごあいさつ……。

前はそんな曲はなかったわね、ギターさん。

オルフェウ

そうだな。じゃあまたな。おれはあの辻の辺りにいるからな。

いなかったら言ってくれ。

もしいなかったら、別のどっかにいるさ。

ミラ（口調を変えて）

どうしちゃったのよ？　ずいぶん素っ気ないわね？

前はちがったのに……。

《ミラ》っていうサンバを作ってくれたこともあったわね。

覚えてる？

オルフェウ
こっちがわにいると何も聞こえないんだ
むだ話を聞いたみたいだしな。
どうでもいいだろ！

ミラ
それはあなたのせいよ
もし他の誰かさんが話してるんだったら
あなたにははっきりと聞こえるんでしょうね……。

オルフェウ
腰を振り振りして、妖精になって飛んでいきな！
消えてくれよ！

ミラ
そんな立派ななりをしてるのに役立たずね

わたしを追いかけ回してた頃から一年も経ってないのに……。
忘れたの？

オルフェウ
忘れたな。最高だろ！
思い出せないことをどうして思い出さなきゃならないんだ？
おれは忘れっぽいんだ……。

ミラ
あなたには
思い出させてくれる誰かさんが必要みたいね
誰か汚らしい女、面の皮の厚い
尻軽の、恥知らずの女
石切場のいやしい小娘
白人女気取り！

オルフェウ（激怒して振り返り）

消え失せないと

叩き潰すぞ、出来損ない！

口の腐った女め！

ミラ（正面から彼と向き合って）

そう？　やってみなさいよ

あんたが男なら！

オルフェウ（彼女に近づいて）

今のうちにどっかに行け

おれを怒り狂わせるな！　言うとおりにするんだ！

ミラ（嘲るように笑って）

気取っちゃって……。相手にしてられないわ……。

結婚式でわたしに付添いを

頼んだりして。

オルフェウ（自分に言い聞かせるように）

落ち着けよ……落ち着くんだ……。どうした、オルフェウ……。

ミラ（侮るように彼を見て）

探してきてあげるわ。あんなひとがいまはこんなになっちゃったなんてね。そうね。わたしが鎮静剤でも

どうしたの、オルフェウ

魔法でもかけられたの？

オルフェウ

消え失せるんだ、ミラ！　争いたいわけじゃないなんとかなるさ……。

おれは平和を望んでる。おまえの母さんの愛にかけて

おれを不愉快にしないで消えてくれ！

ミラ（つばを吐いて）

出来損ないはあなたよ、恩知らず　出来損ない！

あなたにすべてを捧げたわたしをばかにして

すべてを捧げたのよ！

オルフェウ

落ち着くんだ……。　落ち着け、オルフェウ

ミラ

メス犬の息子！　裏切りもの！　豚野郎！

あんたのユリディスをつかまえに

森のなかに消えてしまえばいいわ！

（この言葉を聞いてオルフェウは彼女のほうに進み、平手打ちを喰らわせようとする。ミラは抵抗し、ふたりは一瞬、乱暴に争う。一瞬、体が離れ

ると、怯えたミラが後ずさりする。）

クリオ（中から、驚いた声で）

オルフェウ？　オルフェウ？

（オルフェウは我に返り、一瞬のあいだ同じ場所に留まり、荒く息をしている。いっぽうでミラは後ずさりでゆっくりと逃げてゆき、ある小道に消える。）

オルフェウ（声を変えて）

心配しないで寝ててくれよ、母さん。ぼくだよ。

クリオ（寝ぼけた声で）

寒いんだから

早く中に入って眠りなさい。

オルフェウ

もう行くよ、母さん。

（ギターを手に取って烈しく弾きはじめる。それから落ち着いた和音を弾き、それがしだいに陽気な音楽になってゆく。最後にサンバのリズムが現れる。大声で笑う。）

女……まったく、女ってものは！

（楽器がそのフレーズを繰りかえしているよう。オルフェウは口笛を吹く。それからサンバが現れる。オルフェウは《女は、いつも女は》を歌う。）

もう　うんざり
いつもの　いざこざ
気まぐれに　抱きしめたり
キスをしたり
けんかしたり
繰りかえす
まあ　落ち着け

おまえがそんなに気取っても
意味はない

もう　気づけよ
おれたちの恋は
過去のものだから
早く
未練捨てて
少し泣いて
さよならさ

（おもしろそうに、大声で笑う。彼の笑い声が続くなか、ふたたび、自然のざわざわとした、話し声のように神秘に満ちた音が聞こえはじめる。舞台は前と同じように暗くなる。オルフェウは辺りを見回し、そのサンバを繰りかえしながらゆっくりと舞台から去る。何秒か経って、陰鬱なアリステウが現れる。）

アリステウ

おれはアリステウ、蜂飼いだが
この世界にある蜜では、おれの黒く苦い思いを
甘い味に変えることはできない……。
アリステウ、アリステウ、どうしておまえは生まれたんだ
どの一瞬も希望のないこの黒い愛のために過ぎて
おまえはこんなふうに死んでいくというのに。
ああ、かわいいユリディスよ！　おまえを
おれの人生の道に現れさせた運命はなんて酷いんだろう
おまえの体、おまえの瞳、おまえの笑顔
そしておまえの素っ気なさ。ああ、オルフェウを妬む
この黒い思い！　ああ、オルフェウの音楽！　おれの心は
ハチどもがぶんぶんと羽根を鳴らす黒い巣で
犯罪の黒い蜜を作り出している！
オルフェウ、わが兄弟、なぜなんだ？　なぜおまえの姿は
小刀の形でおれの道を塞ぐんだ？
なぜ自然はおまえをそんなに美しく創って、ユリディスの愛を

アリステウにではなくオルフェウに向けさせたのだ？
おまえはどうしておれの友だなどと言うのだ？
おまえの存在はそんなに残酷なのに、オルフェウであることで
誰よりも愛されるおまえの存在は。ああ、惨めな
アリステウ、哀れな蜂蜜売り
オルフェウの蜂蜜！　おまえ、オルフェウはミツバチの巣箱をくれたが
それはある日、ミツバチたちの飛び交うなか突然
ヘビの巣へ向けて蜜蠟に穴を開けた
ユリディスの胸を噛むはずのヘビの。
決して乳を出すことのない黒い胸を……。

（この独白の最後にミラが入ってきて、隠れたまま、アリステウを見守る。）

ミラ

ちがうわ、アリステウ。ユリディスの
黒い胸は、九ヵ月後には

白い乳を流すでしょう
オルフェウの子どものためにね！　わたしは知ってるの、アリステウ
この耳で聞いたんだから！

アリステウ（振り向いて）

そこにいるのは誰だ？

ミラ（現れながら）
わたし、ミラよ。

アリステウ（憑かれたように振り向いて）
言うんだ、ミラ！
嘘だ！　嘘だ！（ミラにつかみかかる）

ミラ
こんなふうにつかまれたら
言おうとしたって言えないでしょ。

アリステウ
じゃあ黙るんだ！
ミラ
黙らないわ！　みんな教えてあげる
オルフェウがユリディスに言ってたこと
それからユリディスがオルフェウに言ってたことを……。
ばかな真似はやめて、アリステウ！

（アリステウの耳に囁きかけたあと、辺りを見回す。ふたりはすばやく離れてゆく。何秒かのちにオルフェウが現れる。丘に響いているショーロ*の曲に、ギターで合わせている。月が舞台を照らす。だが突然、すべてが以前と同じように暗くなる。オルフェウは立ち尽くし、ギターを弾く手を止める。すぐに、暗闇の奥から暗鬱な声が聞こえはじめ、大きくなってゆき、反響室のなかで響くように巨大になる。）

ショーロ：ブラジルのポピュラー音楽のスタイルのひとつ。

黒い婦人

人間は女から生まれ
その生は短い。道半ばで
女から生まれた人間は死ぬ
女は、人間が生を持つために死ぬ。
生は儚《はかな》く、愛も儚い。ただ
死だけが長く続いてゆく……。

オルフェウ

誰がしゃべってるんだ？

（舞台は明るくなり、階段から、ゆっくりと、大柄の、痩せこけた黒い老婆が現れる。爪先まで白いマントで覆われ、数輪の赤いバラが咲く一本の枝を手にしている。）

黒い婦人

わたしよ、オルフェウ。黒い婦人よ！

オルフェウ（目が眩んだように、両手で目を覆って）

どなたでしょう？　あなたはどなたでしょうか、ご婦人さん？

黒い婦人

わたしは黒い婦人。名前はない。

闇のなかに生きている。ここに来たのは

誰かがわたしを呼んでいたから。

オルフェウ

呼んでない！

誰も呼んでない！

黒い婦人

呼んだわ、オルフェウ

だから来たの。

オルフェウ
来ていない！　ここはオルフェウの
おれの縄張りだ！

黒い婦人
今日誰かがわたしを呼んだ
わたしといっしょに夜の奥へと行く人が
わたしを呼んだ。

オルフェウ
呼んでいない！
ここはおれの王国、オルフェウの縄張り
そのおれが呼んでないと言ってるんだ！

黒い婦人
世界はわたしのもの
オルフェウ、世界はわたしのもの。時間がないオルフェウ。
わたしは先に進まなければならない……。

どっかに行け

オルフェウ

ご婦人さんよ！　どっかに行けって言ってるんだ！
この丘はオルフェウの縄張り！　オルフェウが命
この丘では誰も天命より早く死にはしない！
今この丘は命、丘はオルフェウ
オルフェウの音楽！　この丘では
オルフェウとそのギターなしには何も存在しない！
この丘の男と女は誰もが
オルフェウの音楽に
生かされてるんだ！　おれが調和であり
平和であり罰なんだ！　おれが音楽家
オルフェウだ！

黒い婦人
オルフェウ、わたしは〈平和〉。
争いに来たのではない……。

オルフェウ
オルフェウは強い！
どっかに行け、ご婦人さんよ！

黒い婦人
いえ。
誰かに呼ばれたの。ここで待つわ。

オルフェウ
オルフェウは強いんだ！　オルフェウが王なんだ！
どっかに行ってくれ！

（荒々しいリズムとカッティングでギターを狂ったように弾く。その音は、ふくらんでいくにつれ、黒魔術、マクンバ*、妖術のような心地よさを

マクンバ：ブラジルのアフリカ系の民間信仰。またその儀式。

生み出してゆく。）

さあ、踊れ！
（黒い婦人は、しだいに速くなってゆくリズムに乗って、マクンバのステップを踏みはじめる。はじめはゆっくりと、音楽が進むと目まぐるしい速さで。）

踊れ、ご婦人さん！　踊れ！　踊れ！
（果てのないクレッシェンドで、動きは続いてゆく。疲れきったオルフェウが、不気味な、悪魔めいた音とともに弾き終えるまで。舞台は完全に暗くなる。明るくなると、黒い婦人がいたのと同じ場所にユリディスがいて、同じように数輪の赤いバラが咲く一本の枝を手にしている。）

ユリディス
オルフェウ！　愛しいひと！　どうしたの？

オルフェウ（彼女がわからないかのように見ながら）
ユリディス？　ひどい夢だった
ユリディス！

ユリディス　（彼のところに走ってゆく）

かわいそうなひと！

わたしが遅くなりすぎたみたい。お母さんが
行かせたがらなくて、わたしに言ったの
気をつけるんだよ！　ちょっと待つんだ
慌てるんじゃない、自分を守るんだ
とかなんとか。わたしはほんのちょっとだけ
おやすみを言いにいくだけだからって言ったの。
ごめんなさい……。

オルフェウ

愛しいひと

きみのそばにいれば何も心配はないんだ
夢だったんだ、もう大丈夫……。

ユリディス

サンバはできた？

オルフェウ
ふたつね。

ユリディス
わたしのためにも作った？

オルフェウ
このギターから出てくるものはみんなきみのものさ
ユリディス……。

ユリディス
それから何があったの？

オルフェウ
何もないさ。ミラが来てね。おれを怒らせるから
顔を殴るところだったよ。

ユリディス（笑いながら）

おばかさん！　けんかはやめて！　ミラは嫉《や》いてるのね……。

オルフェウ

そうだな。ばかなことをしてごめん……。

ユリディス（キスをして）

赦すわ。

（オルフェウは彼女を抱きしめてキスをし、ふたりは固く抱き合う。ふたたび風が吹きはじめ、その風とともに夜の不可思議な音が戻ってくる。だがふたりは恋心に浸ったまま、何も気づかない。）

オルフェウ

ユリディス、そんなふうに意地悪しないでくれ

そんなふうに意地悪しないでくれ……。

ユリディス（体の力を緩めて）

わたしのオルフェウ！

オルフェウ

オルフェウ

このどうしようもない想い！

ろくでもない恋！

（彼女の腰の辺りを抱く。）

愛しいひと

どうして？

ユリディス

愛しいひと……。

オルフェウ

どうして？　どうして？

ユリディス
あなたのモレーナのことがそんなにほしいの？
オルフェウ（締めつけられたような声で）
これはほしいなんてものじゃない……忌まわしい何か
死だ！
ユリディス（物思いに耽るように）
死？　死ぬ……。もしわたしが死んだら？
あなたはすごく悲しい？　それとも
もしかしてすごく気が楽になる？
オルフェウ（啜り泣きながら）
そんなことは言うんじゃない！
もしきみを失ったら
冥府まで探しに行くくらいきみを愛してるさ！

ユリディス
わたしも同じ気持ちだって思わない？

オルフェウ
どうしてそんなことを聞くんだ？

ユリディス
わたしがほしいの？

オルフェウ
この世界の何よりもきみを愛してる
きみはおれの命を賭けた愛……。

ユリディス（ふざけて）
でもあとで
飽きたりしない？

オルフェウ
あとでひとつになるんだ——もうふたりじゃない
ユリディスとオルフェウは。

ユリディス
でも、どこで？　　　ねえ……。

オルフェウ
オルフェウの小屋でさ。
神さまが与えてくださった女のひとのために
オルフェウが整えたベッドで。

ユリディス
　　　　　　　他の人たち
あなたのお母さんとお父さんは？

オルフェウ

おれの部屋は別にしてあるんだ。

全部大丈夫さ。

ベッドはちょっと堅いけどね、おれの夢のひと……。

ユリディス

今日はユリディスがオルフェウのベッドになるの。

（ふたりはふたたび優しくキスして、いっしょに小屋に入ってゆく。すると夜はくっきりと明るくなり、夜の鳥たちが姿を見せないままさえずるなか、風の声に乗って旋律が聞こえてくるよう。だがすぐに立ち並ぶ小屋の背後から、背が高くほっそりとした黒人の男の影が現れ、ひそかに進み出て、恋するふたりの家の前に、仰々しく立ち尽くす。その身振りと同時に、新しい悲壮な音楽が夜のさざめきのなかから聞こえはじめ、黒い婦人が闇から現れる。）

アリステウ（啜り泣くような声で）

ユリディス！

黒い婦人

ユリディスは死んだ。

アリステウ

誰だ？　誰の声だ？

黒い婦人

わたしよ、アリステウ！

黒い婦人よ、アリステウ……。

アリステウ（荒々しい叫び声で）

ユリディス！

黒い婦人

遅かったわね、アリステウ。おまえのユリディス
おまえのユリディスは死んだ！　あの家で
彼女を失った男の腕に抱かれて
オルフェウの腕に抱かれて、おまえのユリディス
おまえのユリディスは死んだ、アリステウ！

アリステウ

いや、死んでなんかいない！

生きてる！　おれの手にかかって死ぬんだ！
おれは彼女の血がほしいんだ！

黒い婦人

彼女は死んだ、アリステウ！

あの家のなか、おまえのユリディスは
持てるものすべてをオルフェウに捧げたのだ
アリステウ！

アリステウ　黙れ！　彼女はまだ死んじゃいない！
生きてる、おれが殺すんだ！
おれのものにならないなら誰のものにもしないんだ！

黒い婦人　何だって、アリステウ……
ユリディスは大切にしていたものすべてを
もうオルフェウに捧げてしまった。

（アリステウは、拳を振り回して狂ったように家を叩く。その瞬間、恋するふたりの話し声が不明瞭に聞こえてくる。アリステウと黒い婦人はこっそりと闇のなかに身を隠す。戸が細く開き、ユリディスが出てくる。オルフェウが敷居から半分だけ体を出す。ふたりは長々とキスする。）

ユリディス　おやすみなさい、愛しいひと。

オルフェウ　　　　　　　　　　　　おやすみ、愛しいひと。

ユリディス　あなたのものになったこのわたしの体と同じで
わたしの想いもあなたのもの！

オルフェウ　　　　　　　　　　優しいひと……
おれのことを想ってくれ、たくさん想ってくれ！

ユリディス（彼にキスして）　　　　　　　　　　わたしの
愛しいひと！　わたしの大好きなひと！

オルフェウ
全部きみのもの、身も心も
オルフェウの音楽も！
おれは全部きみのもの

ユリディス
ああ、恋しくてたまらない！

オルフェウ
言わないでくれ（彼女にキスする）、オルフェウが愛するひと！

ユリディス
これより甘い苦しみがあるとすれば天の上で死ぬことだけ……。
わたしの愛するひと！

オルフェウ
おれの愛するひと！

ユリディス
わたしの優しいオルフェウ！
おやすみなさい、もう行かなきゃ……。
オルフェウ
おれの愛も
連れていってやってくれ……。
ユリディス
あなたのもとには
わたしの愛の血が残るわ。さようなら……。
オルフェウ
何事もないように。
気をつけて行くんだぞ！（夜に目を向ける）月が
味方だったみたいだね？

ユリディス（彼にキスして）
そうね。さようなら！
オルフェウ（彼女にキスする）
じゃあね！
（オルフェウは小屋に入る。ユリディスが振り返ると、暗闇から現れたアリステウが、手に持った短刀で、彼女を大げさな身振りで殺す。ユリディスは倒れる。）
ユリディス（死に際に）
さようなら。
アリステウ（マントに身を包んで逃げる）
じゃあな、オルフェウの女！
（舞台はゆっくりと暗くなってゆく。そのあいだに黒い婦人が、隠れていた片隅から姿を現す。すべては沈黙。ゆったりとした身ぶりで自分がくるまっていた大きなマントを取り、死んだユリディスの体を包む。そのあいだに幕が下りてゆく。）

第二幕

舞台

クラブ〈冥府の悪魔たち〉のなか、肥えた火曜日《テルサフェイラ・ゴルダ》のパーティの終わり頃。この名にふさわしい背景と雰囲気が、バレエを仄《ほの》めかす。しかし、劇の展開のなかで維持すべき古典らしい調和は乱してはならない。ペアあるいはソロで、それぞれがばらばらに、音楽もないまま、反射装置による、火の存在を仄めかす赤と黒の影のあいだで、サロンのなかで踊っている。脇役たちは男も女もみな、カーニヴァル集団のユニフォームを着ており、女たちの衣装はユリディスを強く想い起こさせる。ギリシアのオルギア*のように、男たちは女たちを追い回し、彼女たちは動きに身を任せて、彼らを受け入れたり拒んだりする。みながボトルに口をつけて、敬虔な様子で、酒を飲む。奥にある悪魔の玉座にはプルタォンとプロゼルピナが着いていて、侍女たちに取り巻かれている。メフィストフェレスのようなその夫妻は、背が高く太っている巨大な人物で、よく笑う、惜しげない性格

オルギア：古代ギリシアの一部で行われた礼拝形態。礼拝者の陶酔感・高揚感を高め、神との交感をはかる。

で、ひとりでいる端役たちに近づいて叫んだり飲んだりし、パーティの雰囲気を醸し出し、作り出す。

プルタォン（高笑いしながら、黒人のサンバを仄めかす大声で）
楽しめよ、みんな、明日にはもうおしまいなんだからな！　今日が最後の日だ！　みんな楽しむんだ、明日は灰の水曜日《クアルタフェイラ・ヂ・シンザス》だからな！　誰も悲しんじゃならない、誰もひとりぼっちでいちゃならない、誰もしらふでいちゃならないぞ！　さあ飲んだくれろ、みんないつかは必ず死ぬんだ！　明日は灰の水曜日、今日は楽しみ、楽しみの最後の日だ！　それになんといったって、ここでいちばん偉いのは誰だ？

プロゼルピナ（歓呼の声をあげる）
王さま、王さま！

全員（声を合わせて）
王さま、王さま！

プルタォン
酒を、楽しみを、サンバを、乱痴気騒ぎをくれるのは誰だ！

全員（拍子を取りながら）
王さま、王さま！

プルタォン（すっくと立ち上がって）
王は誰だ！

全員（熱烈に拍手喝采しながら）
王さま！　王さま！

（みなが狂ったように、手のひらと靴のタップでテンポを刻みながら散らばってゆく。「王さま！　王さま！」というフレーズを絶えず繰りかえしつつそれに合わせて踊る。プルタォンとプロゼルピナは死ぬほど笑う。彼らの足もとでは女たちも笑い合い、官能を感じさせるさまで転がる。）

プルタォン（先程と同じ鋭い調子で）

一日中、精を出して働きつづけたり考え込んでいて、遊ぼうとしない者は哀れ！　人生をまじめに送って、墓掘り仕事をしながら墓に入って終わる者は哀れ！

全員（声を合わせて、拍子を取りながら）

墓掘り仕事をしながら、墓に入って終わる者は！

プロゼルピナ（酔っぱらって、立ち上がりながら）

乱痴気騒ぎ万歳！　ばか騒ぎの時！　今日が最後の日！　万歳！

全員

万歳！

プルタォン

テンポを刻むのは誰だ？

全員

ブンボ＊！

（異様なまでに大きくなったブンボの音が聞こえる。）

プルタォン

リズムを刻むのは誰だ？

全員

タンボリン＊！

（タンボリンの音も同じように。）

プルタォン

調子に乗せるのは誰だ？

ブンボ：横長の大太鼓。タンタンのようなもの。

タンボリン：サンバで用いられる片面太鼓。スティック（バケッタ）で叩いて演奏する。いわゆる「タンバリン」とは別の楽器。

全員

パンデイロ！*

（パンデイロの音も同じように。）

プルタォン

拍子を取るのは誰だ？

全員

クイーカ！*

（クイーカの音も同じように。）

プルタォン

楽しみに活気を与えるのは？

パンデイロ：サンバで用いられる、タンバリンに似たブラジルの打楽器。

クイーカ：ブラジル音楽で用いられる打楽器。円筒の片面に皮が張られ、その皮の中央に棒が付けられており、その棒をこすって振動を皮に伝え、音を出す。

全員
アゴゴ*！

プルタォン
じゃあ、バトゥカーダを作るのは？

全員
ブンボ、タンボリン、パンデイロ、クイーカ、アゴゴ！

プルタォン
じゃあ、どうなる、どうなる？　サンバはできるのかできないのか？

（アピート*の音が聞こえる。それから、最初のタンボリン、二番めのタンボリン、三番めのタンボリン。すぐにクイーカが入り、音が大きくなってゆく。）

アゴゴ：カウベルに似た、金属製打楽器。大小二つの三角錐を棒でつなげた形状。

アピート：サンバの演奏に用いられる十字形の笛。

プルタォン（打楽器を上回る大声で）
これはサンバか否か？

全員
サンバ！

プルタォン
最高か否か？

全員
最高！

プルタォン
悪魔のものか否か？

全員
悪魔のもの！

（音は驚くほど大きくなり、みなが足でリズムを打ちながら踊り出す。プルタォンとプロゼルピナもまた壇上で、酔っぱらって転がるように動く女たちのあいだで踊る。この場面がかなり長いあいだ続く。突然、最初は遠くで、啜り泣くようなギターの澄んだ音が聞こえ、それからしだいに大きくなって、バトゥカーダを支配する。ひとりまたひとり、すべての人物は、サンバの最初の姿勢を取って動かなくなる。ギターの弦の音が大きくなるにつれて打楽器の音は小さくなる。プルタォンだけが戸惑ったように立ち上がり、音のするほうに身を傾ける。ギターはきわめて甘美な音階を、トレモロやグリッサンドを用いつつ奏で、しだいに近づいてくる。時折、音楽の直中《ただなか》に呼び声が聞こえる。オルフェウの声である。）

オルフェウの声（長々しく）
ユリディス！

（呼び声がするたび、ギターはつかのま沈黙する。その呼び声と、音楽の優しさあふれる響きが交互に聞こえる。その音楽には、愛しいユリディスの名前に当たるフレーズも含まれている。まもなく女たちだけが、不動の状態から花開くといった態《てい》で、さきほどの昏睡から抜け出す。）

オルフェウの声

ユリディス！　ユリディス！

（名前が繰りかえされてゆくにつれ、女たちは完全に動きを取り戻し、きわめて微かな声の合唱の前触れが現れる。それは囁きか声の震えのようなもので、風のそよぎを思わせる。女たちが不協和音で、連続する音階で繰りかえすそれは、やがてかぼそく消えてゆく。その合唱は、オルフェウが遠くからもたらす名前の悲壮感をいっそう広げる。）

オルフェウの声

ユリディス！

女たちの合唱隊

ユリディス……リディス……イディス……ディス……イス……ス……ス……ス……。

オルフェウの声（悲嘆に暮れて）
ユリディス！
女たちの合唱隊
ユリディス……リディス……イディス……ディス……イス……ス。
オルフェウの声
ムラータ……。
女たちの合唱隊
ああ……ああ……ああ……ああ……ああ……ああ……ああ……。
プルタォン（烈しい動きで立ち上がって）
パーティを続けろ！　パーティを続けろ！
（この命令の言葉で、女たちは動かなくなり、男たちは目覚めはじめる。
ギターの音の直中、バトゥカーダが徐々に聞こえ出す。）

プルタォン（叫んで）

楽しめ！　これは楽しみの王国だぞ！　あしたは灰の水曜日だ！　今日が最後の日なんだ！　モモ王*万歳！　祭り騒ぎ万歳！

ケルベロスの場面

ギターを弾き、ひどい苦しみの表情で顔がこわばったオルフェウが姿を現す。カーニヴァルの狂乱の直中《ただなか》、彼はユリディスを探す。地獄のようなバトゥカーダが続くクラブ〈冥府の悪魔たち〉に向かう。だがふいに前方を、クラブの番犬、いくつもの足といくつもの頭とを持った巨大な犬ケルベロスに遮られる。脅すように彼に飛びかかるが、オルフェウが神々しい音楽を奏でるのをやめず、それに妨げられて殺しはしない。ケルベロスが前に踏み出すと、オルフェウはなおも弾きつづけながら後ずさりし、いっぽう、音楽を前にしたケルベロスは後ずさりし、なすすべをなくす。少しずつ、オルフェウの音楽がケルベロスを圧倒し、ケルベロスはついに彼の足下にひれ伏し、穏やかになる。

バトゥカーダが大きくなってゆき、しだいにギターの音を圧倒する。そ

モモ王：ギリシア神話に起源を持つ、カーニヴァルのあいだ王となる象徴的人物。

の状態が数秒のあいだ続く。突然、絶望した声、怯えたようなはっきりと聴き取れない叫びが聞こえる。人間のものとは思えないほど大きく唐突なもので、聴衆に完全にトラウマを与えるようなものでなければならない。

オルフェウ　ユリディス！

（この叫び声のすぐあと、炎の赤い影が大きくふくらみ、そのあと暗くなる。白い光が入り口の扉に当たり、そこにオルフェウが現れ、敷居のところで立ち止まる。全身白い服で、ギターを肩から提げている。かなり長いあいだ朦朧としたまま佇《たたず》み、先ほどの怪物めいた叫び声によって引き起こされた静寂が空間に広がる。ギターをかき鳴らすと、明かりが灯り、音楽家オルフェウは広間に入る。悲しいショーロを奏で、その音に合わせて女たちだけが気怠《けだる》げなステップを踏みながらばらばらに踊る。オルフェウは室内を歩き回り、そのあいだ女たちはダンスの動きで彼にしなだれかかる。）

プルタォン（立ち上がって叫ぶ）
おまえは誰だ？

オルフェウ（弾くのを止め、女たちは動かなくなる）
おれはオルフェウ、音楽家だ。

プルタォン（こぶしを振りかざして）
悪魔の名において答えろ、おまえは誰だ？

オルフェウ
おれは苦しみ、おれは悲しみ、おれは世界でいちばん大きな悲しみ！　おれはおれ、おれはオルフェウ！

プルタォン
何がほしいんだ？

プロゼルピナ（酔っぱらって、注意を引こうとプルタォンの腕のなかに飛び込む）
彼はお遊びがしたいだけよ！　放っておきなさい。わたしのほうを見て！

プルタォン
おまえは黙ってろ！　プルタォンが話してるんだ、冥府という冥府の王、プルタォンが！　蚊の羽音も聞きたくはない！　静かに！（オルフェウに向かって）何がほしいんだ？

オルフェウ
おれがほしいのは死！

プルタォン
ふざけるのはよせ！　はっきり言うんだ、おまえは誰だ？　何がほしいんだ？

オルフェウ
おれがほしいのはユリディス！

（その名を聞いて女たちはふたたび気怠げに踊りはじめ、囁く。）

女たち

わたしがほしいのは命、誰もわたしに命をくれない、カーニヴァルは終わった、命は死んだ、命は終わった、命はわたし、命は死んだ……。

プルタォン

悪魔の名において、おまえは何がほしいのか言うんだ！

オルフェウ（重く、沈痛な声で）

おれがほしいのはユリディス！

女たち（踊りながら）

わたしがユリディス。ユリディスはわたし。わたしがユリディスじゃないなんて誰が言った？　わたしがユリディスじゃないなんて誰が言った？
わたしがユリディスじゃないなんて誰が言った？

オルフェウ（ギターで呻くような音を出しながら）

愛しいユリディス。いっしょに来るんだ！

（乞うように両腕を女たちに差し出す。彼女たちは寄ってきて、動きに身を任せて、彼に体を預けたり引き離したりする。）

プルタォン

誰も王の許しなくここから出ることはできない！　狼藉者は去れ！　冥府の悪魔たちよ、その狼藉者を追い出せ！　追い出せ！　ここに与太者はいらん！

（バトゥカーダのざわめきがふたたび熱くなる。男たちが動き、挑発し、脅すようなステップでオルフェウに近づいてくる。だがオルフェウはギターの魔法で彼らを圧倒する。動きは完全に中断する。）

オルフェウ

おれはここの人間じゃない、おれは丘の人間だ。おれは丘の音楽家。丘ではみんながおれを知っている——おれは丘の命だ。ユリディスは死んだ。おれはユリディスを、おれの心のひとを探しに街に降りてきた。もう何日もユリディスを探してる。誰もが歌い、誰もが飲んでいる。でも誰もユリディスがどこにいるのか知らない。おれがほしいのはユリディス、おれへの愛のために死んだ婚約者。ユリディスなしではおれは生きられない。ユリディスなしではオルフェウは存在しない、音楽もない、何もない。丘の時間は止まった、何の記憶も残っていない。人生に残されたのはオルフェウがユリディスをふたたび見たいという希望だけ、たとえ最後のひと目だとしても！

プルタォン

立ち去れ！　ここにはユリディスなんて奴はいない。おまえはこのパーティを台なしにしたいのか、ごろつきめ？　ここで命令するのはおれだ！　立ち去れと言っただろ！

プロゼルピナ（酔っぱらって彼にしなだれかかる）

そいつは酔っぱらってるわ。ねえ、放っておきなさい。めちゃくちゃになっちゃうわよ。さあ、わたしにキスをして。

プルタォン

待て！　ありえない！　このパーティをめちゃくちゃにするなんて！　そいつを外に放り出せ！　悪さをしに来たのが見え見えじゃないか！

女たち（声を合わせて）

わたしはユリディス……。

オルフェウ（女から女へと移りゆきながら）

いっしょに来るんだ！　ムラータ、いっしょに来るんだ！　きみなしでは命はない、音楽もない、何もない。いっしょに来るんだ！　来て、前みたいに話そう！　前みたいにおれのベッドに寝るんだ！

女たち（踊りながら）

わたしがユリディスじゃないなんて誰が言った？　わたしがユリディスじゃないなんて誰が言った？

プルタォン（鋭い声で）
誰も王の許しなくここから出ることはできない！　ここで命令を下すのは王だ！　音楽をやれ！　音楽はどこに行ったんだ？　ブンボは、タンボリンは、クイーカは、パンデイロは、アゴゴは？　アピートを吹け！　サンバを始めろ！　まだカーニヴァルは終わっちゃいない！

プロゼルピナ
むだよ……。そいつは酔っぱらってるわ。放っておきなさい。（ヒステリックに笑う）ひどいやきもちだわ！　ひどいやきもちだわ！

オルフェウ（茫然自失で）
ここはどこだ？　おれは誰だ？　こんなところに何しに来たんだ？　何があったんだ？　ここは冥府だ。おれは望んでいるのは天国だ！　おれがほしいのはおれのユリディス！　おれの美しいムラータ、血まみれの……。おれがほしいのはユリディス、おれとふざけあったユリディス、白い歯のムラータ……。

（女たちは手をつないで彼を取り囲む。話し声や宛てのない笑い声のさなか、バトゥカーダがふたたび静かに始まる。誰もが酔っぱらい、だらけている。何人かの男がふらふらと、気ままに踊る数人の女を追って走る。）

女たち（ブンボとクイーカに合わせて、マルシャ*のリズムで）
まわれ　まわれ
みんな　まわれ
もう　まよなか
まつりは　おわる

オルフェウ（両腕を高く上げて）
いや、死んでなんかいない！

女たち
ひとり　ふたり
さんにん　ひゃくまんにん
おんながおおすぎて

マルシャ：ポルトガル語で「マーチ」の意。カーニヴァルで盛んに演奏されていた。

こころに　はいらない

オルフェウ

おれのユリディス……。

女たち

いきましょ
おじょうちゃん
うみべにさんぽ
はなよめさんが
きたよ

オルフェウ

おれとユリディス……。

女たち

いきましょ

おじょうちゃん
きれいな
はなよめさん
あるいてゆくよ

オルフェウ
どこに？　どこに？

（プルタォンとプロゼルピナはすでに半ば眠って、笑い、抱き合う。）

女たち
あなたがくれたゆびわ
ガラスでこわれた……

オルフェウ（ボトルに口をつけて飲み、興奮して）
いや！　世界一大きな愛だったんだ！　人生そのもの、星、空だった！
世界一大きな愛だった、空よりも、死よりも大きな！　ユリディス、愛しいひと、目を覚ましていっしょに来るんだ……。

女たち
このみちに　もりがある
そのなは　こどく

オルフェウ（叫んで）
ユリディス、いっしょに来るんだ！

（みなが痛飲を続ける。幾組みかのペアはすでに床に倒れて眠っている。何人かはまだ気まぐれにサンバを、音楽のないまま踊っている。ふたりのマランドロ*が、たがいの目の前で、カポエイラ*をしながら踊っている。）

女たち（手を取り合い、ひと節ごとに位置を換えながら。ふたりのマランドロはカポエイラを続けている）
ジョーの奴隷
喧嘩が好き

マランドロ：ごろつき。転じて、白いスーツとパナマ帽を着用するサンバの男性ダンサーのポジションのひとつ。

手当たりしだいに
倒す
戦う　男たち
ジッピ　ジッピ　ザ
戦う　男たち
ジッピ　ジッピ　ザ

（オルフェウは女から女へと渡り、彼女らを引き離そうとする。だがつねに動きによって弾き返される。彼は貪欲に飲む。この頃にはすでに、歌う女たちと、右側で向き合ってカポエイラを踊るふたりのマランドロを除いてみなが眠っている。）

オルフェウ（ボトルを振り上げて）
おれは死の奴隷！　おれは死を探し求める者！　ユリディスの死を！　死よ、いっしょに来るんだ！

（オルフェウは女たちに言い寄るが、女たちは身を解き放つ。オルフェウ

カポエイラ：音楽とダンスの要素をあわせもった、ブラジル生まれの格闘技。

はギターを手に取って爪弾く。一瞬のあいだ、きわめて甘美な音がすべてを支配し、動きは完全に静止するが、魅惑された女たちが、気怠げな、挑発するようなステップでオルフェウを追いはじめる。そのあいだオルフェウは後ずさりで出口の扉のほうに向かう。だがまさに出ようとした瞬間、ギターの和音の直中で、バトゥカーダの重く陰鬱なリズムが始まる。ふたつの音は、数秒のあいだ一致し、女たちは心決めかねる風情で、ふたつのリズムに身を任せて流れ、また流れてゆく。)

オルフェウ（女たちに向かって）

さあ行こう、ユリディス。やっと見つけたよ。きみが、きみが、きみがユリディスだ！　何もかもがユリディスだ。女はみんなユリディスだ。死んだ女をほしがる奴なんてどこにいる？　おれは死んだ女なんてほしくない！　おれがほしいのはユリディス、おれたちが愛し合った夜のように生きているユリディス。来るんだ、おれの命よ……。

（赤い陰のなか、夜明けの光が少しずつ射しはじめる。オルフェウは外に向かって叫ぶ。）

オルフェウ

朝だ、ユリディス。覚えてるかい、きみの隣で何度、朝が生まれるのを見ただろう？　覚えてるかい、ユリディス、オルフェウのギターの挑戦を受けて立った小鳥たちのことを？　おれたちの愛を照らした太陽の光を？（両腕を暁《あかつき》に向けて上げる）ユリディス、きみが朝なんだ！　夜は過ぎ去った、暗闇は過ぎ去った。待ってくれ、おれのユリディス！　おれも行く、待ってくれ……。

（ピアニッシモでバトゥカーダの和音が聞こえるなか、ギターを弾きながら出てゆく。女たちは彼を走って追うが、聞こえてくるリズムにいっそう強く引き留められる。一歩前に出ようとするごとに、みなが気怠げに、サンバのリズムに合わせて後ろに退く。）

オルフェウ（遠くで）

朝だ、ユリディス……。

女たち（声を合わせて、踊りながら、言葉なく歌い、そのハミングの声はヴァイオリンの音のように高まる）

ン……ン……ン……ン……。

（舞台はそのままに保たれ、女たちは気怠げに踊り、ふたりのマランドロは部屋の右側でカポエイラの戦いを続け、部屋はしだいに明るくなる。オルフェウの声とギターの音が遠くから、ピアニッシモのバトゥカーダのなかにずっと聞こえている。それからゆっくりと幕が下りる。）

第三幕

舞台

第一幕と同じ。夜明け。オルフェウの掘建小屋の前に集まっている人びとが、泣き声の高まりに耳を澄ましながら、沈痛な声音で、アドリブで会話する。時折、家のなかにいるクリオが発する、動物の声のような痛ましい呻き声が聞こえる。合唱隊が入場する。

合唱隊

最初の声
ああ、オルフェウ……。

第二の声
哀れなオルフェウ……。

第二の声　　　　　　あんなに純真なオルフェウ
が……。

第四の声　愛のために狂ってしまうほど純真な……。

第五の声　わたしはオルフェウを信じている……。

第六の声　　　　　　たくさんの旋律《メロディ》を生み出すオルフェ
ウ……。

第一の声　オルフェウ、アポロの息子……。

第二の声
わたしたちのオルフェウ！

第三の声
クリオから生まれた……。

第四の声
詩の巨大な力のもとでひどく苦しんだ……。
そして

第五の声
そして、恋のために、十字架に掛けられた……。

第六の声
そして狂って、運命に見放された……。

合唱隊（一斉に）

暗闇へと降りていって、巨大な暗闇からふたたび光の下に現れ出て、丘に登って、亡霊のように、ユリディスを探して彷徨《さまよ》っている……。

クリオ（取り憑かれたように）

ああ、あの悪魔のような女！

わたしの息子に何をした？……。

アポロ（中から、狼狽《うろた》えて）

落ち着くんだ、クリオ、頼むから……。　　落ち着くんだ。

おまえ、みんないるんだぞ。

クリオ（叫び声で）

売女！　メス犬！　やくざ女！　　尻軽女！

もういちどこの世に生まれてみろ、わたしがおまえの目を喰ってやる！　恥知らず！　破廉恥女！
もういちどこの世に生まれてみろ！

アポロ　　　　　　　　　　　　　　　　　　　　　　おい
おい、落ち着くんだ……。

クリオ（泣き声で）　どっかに行ってくれ！
消え失せて！　息子を返してほしい！
オルフェウはどこ？

アポロ　　　　　　　　　その辺りにいるさ。
子どもみたいにおとなしくしてるよ。
オルフェウは静かに狂ってるよ……。

（クリオがいまわの際《きわ》のような喉鳴りを発する。）

クリオ

嘘だ！　わたしのオルフェウが狂ったただって？
ああ、空の神さま！　急いでわたしを
オルフェウを狂わせたあの女のところへ
連れていってください！　神さま
連れていってくださぃ……。（声色を変えて）いや、もう神さまなんてどう
だっていい！
こんなふうにオルフェウの心を消してしまった神さまが
何だっていうんだ？　神さまなんていらない！
嘘つきの神さま、嫉妬深い神さま、神さま……。

（悲しみの発作が彼女を妨げる。）

男（外で）

罰当たりな！　なんて恐ろしいことを！

女（十字を切りながら）

可哀想な女！　聖母マリアさま！

第二の女

誰かが

どうにかしてやらなきゃ……。

第三の女

お医者さんを呼ばなきゃ……。　そうだね

第二の男

そうか？　まったくばかな冗談を……。

この丘に医者なんて……。

（あざ笑うように、別の男に向かって。）

キャデラックに乗って、医者を呼んでこいよ。
おまえがいいかな……。

別の男（真剣に）

おまえはおもしろい奴さ……。

第二の男

あの女がそう言ったんだろう……。
どうしてさ？

女

神さまのご加護を！
もうひとの苦しみを敬いさえしないんだね。
オルフェウがしっかりしていた頃はこんなふうじゃなかった。
この丘は幸せだった。

老人（うなずきながら）

ああ、そうだった！

オルフェウがいるときには、この丘はまったく違っていた。

平和だった。オルフェウの音楽は

まさしく神がかった力を持っていた……。

別の老人

そのとおりだ。そして狂ってしまった。哀れな若者だ……。

（掘建小屋の中でクリオの泣き声が大きくなる。階段から数人の女たちが、頭に水の入った缶を乗せて現れ、家を囲む人びとに混じって、その状況についてアドリブでコメントする。アポロが戸口に現れる。）

アポロ

もうどうしていいかわからない。もう三日も

この苦しみが続いてるんだ……。可哀想なおれの女房！

これじゃああいつも息子と同じように狂ってしまう……。

クリオ（中で）

ああ、誰かわたしのオルフェウを返しておくれ
ああ、誰か……。

アポロ

ああ、なんて恐ろしい！
どうしてこの世界には平和がないんだ？
どうしてこんなに強い想いばかりが？

クリオ（泣きながら）

もうだめ！
お願いだから、わたしを殺して……。

アポロ（取り囲む人びとに）

みんな……。
お願いだ、みんな……――何だっていい……。
みんなが大切に思ってくれていたおれのオルフェウのためにも

何だっていいから何かしてくれ……。

（涙をぬぐいながら小屋に入る。アドリブのコメント。）

何ていう悲劇だろう！

女　わたしだってもうだめ。もう三日間もこんな！
あのひとは耐えきれない。誰か下に行って
何でもいいから、助けてくれる何かを
連れてこなきゃ……。

救急車！

男　広場に分署がある。おれがちょっと行ってくる。

老女　急いで行くんだよ。神さまのご加護を。

（男は走って降りてゆく。一瞬のあいだ、集団に大きな沈黙が広がる。）

女　それで、オルフェウはどこにいるんだろう？

うろついているよ。

別の女　もう何日も、狂って、丘を歩き回ってる……。
このまえうちの息子が彼に出くわして
びっくりしたって言ってたよ。あんたたちもうちの子を
知ってるだろ？　怖がりじゃない。
いいかい、オルフェウのために祈りを捧げて
心を落ち着かせなきゃならなかったほど
気が動転してたんだよ……。

（彼女を人びとが取り囲む。アドリブのコメント。）

第三の女

なんだって！

第四の女

どうだったんだい？

第一の女

こんなふうだったんだ。うちの子は靴磨き屋から
帰ってくる途中だったんだよ（知ってるだろ
あの腕白小僧が、崖から
丘に登ってくるのを……）。そうさ。
来る途中だった。森にさしかかったときには
もう薄暗くなってた。突然
幽霊を見たのさ！　目を擦《こす》ってみると
ちがった、オルフェウだったのさ！　いつもみたいに
全身白い服を着たオルフェウが胸にギターを抱えて
両腕を広げて、口には微笑みを浮かべて

誰かを待ってるみたいに、誰かがやってきたみたいに
だって彼は突然、隣を見て
両腕をこんなふうに広げて、走り出して
どこかに行ってしまった。うちの子は彼を追いかけたんだけど
オルフェウはどこかに隠れちまった……。
可哀想に。亡霊みたいに……。
たぶんもっとひどい、生きながら苦しんでるんだよ！

（アドリブのコメント。）

第二の女
そしてもう誰も彼のギターから出る
音を聞くことはできなくなった……。

そう。それだけじゃない。

第三の女
この丘の何もかもが狂いはじめた。何もかも。

けんかが絶えなくなり
他の丘に移る人もひっきりなし
呪《のろ》いの眼さ……。

第四の女

黙りなさい！

もう不幸を呼ぶんじゃない
わたしはもうどっかに行くよ。ここには残らない。

（アドリブのコメント。）

第一の女

それで、ミラは見た？　ミラも狂ってるんだよ……。
ミラは完全にいかれちまったんだよ……。
あの酒場で他のあばずれどもといっしょに
ありとあらゆる馬鹿な呪《のろ》いにふけってるって言うじゃないか
いろんな名前を口に出して、酔っぱらって

夜っぴいて魔術をやって
自分のせいで蜂飼いのアリステウが
ユリディスをナイフで刺したんだとかなんとか言って
それにオルフェウが狂ったのも
ユリディスのせいじゃなくて自分のせいだとか……まったく！
誰もあそこに近寄ろうとはしないんだ……。
それも当然だよ。まったく、狂った世の中さ！

男

一週間前のこの丘を思い出してみろよ……。
この街の他の丘とは全然違ったよ！
穏やかで、みんな楽しく平和に暮らしていて
口々にオルフェウのサンバを歌って
いつもパーティがあってオルフェウがいて
けんかなんて全然なかった……。

（アドリブのコメント。）

別の男

おれに言わせてくれよ!……

おれの人生を変えたのはオルフェウなんだ

今のおれがあるのはあいつのおかげだ。

前は力任せに、むだなけんかばかり

でもあいつがやってきて、おれを説得したんだ。

オルフェウは人間じゃなくて、天使だった……。

でも今はそれがどうだい?……まったく!

女は破滅そのものさ……。

別の女

それに誰も困ったりはしなかった。

何か必要なものがあれば、オルフェウが

どうやって知ったのかはわからないけど

ちょっとしたお金が現れてね――みんな彼のサンバのおかげ……。

家のなかで悲しいことがあったら? 嫌なことがあったら?

彼がやってきて、何とかしてくれた

即興でサンバをやって
笑い飛ばして……まったく天使だよ！　聖人みたいに奇蹟を起こすのさ……。

（ひとりの女が泣き出し、舞台から走り去る。）

第二の女　可哀想に。あの子はオルフェウに恋してたんだよ。ユリディスの前に恋人だったんだけど
オルフェウを忘れることができなかったんだ……。

（遠くで救急車のサイレンが聞こえ、すぐあとに止む。続いてカイシャ*と缶を叩く打楽器の遠い響きが聞こえはじめる。その音は、舞台の進行とともに徐々に近づいて来なければならない。）

第一の女　救急車よ！

カイシャ：サンバで用いられる、スネアドラムに似た打楽器。

（小屋に駆け寄り、戸口から叫ぶ。）

アポロさん。救急車が来たみたいよ……。

アポロ （戸口に現れて）

哀れな女だ。ぼろきれみたいになってる。でも眠れない。

手を胸に当てて

ずっと目を開けて泣いてる。

第一の女

彼女に伝えて

あとでたいへんなことにならないようにって……。

アポロ

ありがとう。

（中に入る。丘を登ってくる打楽器の音がますます近づいてくる。救急車を呼びに行った男が、別の男を連れて、疲れ果てた姿で現れる。ふたりは担架を持ってきている。）

男　準備はいいぞ、みんな！

担架を持ってきた。救急車は下だ

まったく怠けものの連中だよ……お医者さんが

何て言ったと思う？……「おまえたちは強いんだから

上に行ってその女を連れてきなさい、わたしは

緊急の患者がいるから

下で待っている……」だとよ。

別の男　もうこれで終わりさ……。

（小屋の中から絶望したクリオの声が聞こえる。）

クリオ　いやよ！　行きたくないわ！　お願いだからほっておいて！
オルフェウを返して！　わたしの息子はどこ？
どこにいるの？　アポロ、オルフェウを返してほしいのよ！

アポロ　わかったよ。落ち着くんだ。
オルフェウがおまえを迎えに来させたんだ
おまえを待ってる。来るんだ。

クリオ　　　　　　　嘘よ！
そんなの嘘でしょ！　ああ、神さま
どうしてこんなに苦しまなければならないんでしょう？

アポロ　（戸口に現れて）　　　　　　　　　　　　　あんたがた……。

どうか助けてくれ……。

（ふたりの男が進み出て小屋に入る。最初は囁き声が聞こえ、ついで唸り声、争いの物音、物が壊れる音がする。続いてクリオがぼろぼろになって戸口に現れる。恐ろしい顔つきをしている。）

クリオ

どうか憐れみを！

ここにいさせて！
息子のそばにいさせて！
狂っていていいの、それがわたしの息子、わたしのオルフェウ
お願いだから、わたしの息子を捜してきて
知ってるでしょ、オルフェウ・ダ・コンセイサォン
偉大な人物、ギターを胸に抱えて
いつもその辺りにいるわ……。あなたたちも知ってるでしょ
それがオルフェウ……。狂ったってみんな言うけど
そんなの嘘だってわたしは知ってる。オルフェウは音楽家

あの子の音楽は命。オルフェウがいなければ
命はない。オルフェウは
丘の番人、オルフェウは丘の平和。あの子なしでは
平和はない、何もない、あるのはただ
ひとりの不幸な母親、悲しい母親
その心は血まみれ。それもこれも
恥知らずの女のせい
何の取り柄もない黒人女
何の価値もない女！（突然、取り憑かれたように）
破廉恥女！　もういちど生まれてみろ
その顔に爪を突き立ててやる
この指で眼を引き抜いてやる
ナイフでずたずたにしてやる！（突然、声色を変えて）
彼女は死んでなんかいない！　神さま、そんなことさせないで！
あの女をよこして、ユリディスをよこして
ほんの一瞬でいいから、あの女をわたしによこして！
そのあとにはおとなしくなるって誓います

神さま、約束しますから！　何もいりません
ただあの女の墓の穴までわたしを連れていって
その地面を掘って
あばずれの死体を掘り出して
腐って、ぼろぼろになって
虫だらけになっているのを見るために……。

アポロ（彼女に走り寄る）
もうよせ、クリオ！　もうよせ！

クリオ（彼を突き返して）
ああ、もうやめて！　アポロ、あなたまで
あのあばずれをかばうのね……。

（彼に爪を立てようと飛びかかる。何人かの男がアポロを助けに駆け寄り、クリオを押さえつける。彼女は狂ったように抵抗するが、力尽きて倒れ込む。）

アポロ　　さあ、今だ。
担架に乗せてやってくれ。行こう。
（この瞬間に、打楽器の連中が舞台に登場する。そのリズムは、ここまでの場面でしだいに近づいてきていた。それは靴磨きの少年たちのグループで、ブラシで箱や缶を叩いている。その場で起こっていることにそれほど注意は払わず、一隅に腰を下ろし、叩きつづけている。そのあいだ、見物人たちがクリオを担架に乗せる。）

ある少年（歌う）
平和！
平和！
この世界にないもの……

第二の少年（楽隊の長のように見える）
いや、それじゃない。あの、オルフェウの

サンバをやろう、オルフェウが
おれにくれたやつ……。

第三の少年
いつもその、おまえのサンバばっかりだよな……。

第二の少年
それをやるのがおまえの役目だろ？　さあ！　やろうぜ。

（打楽器の演奏が始まり、少年たちは箱を叩く。もう一方の集団は、クリオを運ぶ担架に付き添って動き始める。女たちが、小さな声でサルヴェ・レギーナの祈り*を歌い始め、その声はしだいに大きくなってゆく。祈りが進むにつれて、残った人びとは膝を付き、そのあいだにも祈禱は打楽器の音の直中で、また遠くから聞こえるクリオの呪詛の直中で、続いてゆく。少年たちは《ぼくと恋人》を歌う。）

サルヴェ・レギーナの祈り：カトリックにおける伝統的な祈禱文。日本では「元后あわれみの母」の祈りとも。

少年たち

あのひとの
姿を
見ることは
もう二度とない
悲しみに
心は痛む
永遠
誓った
あのことば
空しく響く
ラララララ
ラランリラララララ
ラララララ
ラランリラララララ

（このサンバを、ますます楽しそうに、打楽器の演奏に乗せて繰りかえす。祈りは続き、残っていた男や女は、悲しそうに舞台から出る。遠くから、丘のどこかで繰り広げられる乱痴気騒ぎの、酔っぱらった女たちの叫び声、宛てのない高笑い、物憂い谺《こだま》が聞こえてくる。ふいに夜の帳《とばり》が降りる。遠くで街の明かりが灯ると、舞台は暗くなり、すぐあとに酒場の背景が現れる。）

酒場の場面

丘の高みの、小さな森。木々はばらばらに散って立っている。満月の夜。「酒場」と書かれた小さな看板の掛かった掘建小屋。中から、話し声、高笑いする声が聞こえ、少し前に歌っていたサンバの節が時折、高音で口ずさまれる。酔っぱらった女が何人か、前の広場に飛び出てくるが、そのなかにミラもいる。

ミラ（脚を組みながら、突然叫ぶ）
そのサンバはやめて、そんなのやめて
鼻をへし折ってやるわよ！

（酒場の中で聞こえるサンバは続き、ミラは耳を手で塞ぎ、突然、戸口から飛び込んで、みながざわめく中、サンバをやめさせる。）

どうしたのよ！

女（酔っぱらって）

あんた、何考えてんの、ミラ？
素敵ね、ミラ……。（周りの人びとに）みんな
そのサンバを続けましょう！　嫌いなひともいるみたいだけど
好きなひともいるんだから……。それで、どうなの？
ここで偉いのは誰？　男？　それともミラ？

ミラ

どっかに消え失せなさい……。
調子に乗るんじゃないわよ、メス犬、嚙み殺してやるわよ……。
あんたってほんとどうしようもないわね。

女（嘲って）

わかったわ……。またうんざりさせるのね、ミラ……。

あんたがわたしみたいな女だったら

そんなふうにナプキンみたいに

オルフェウに棄てられたりしなかったでしょうね。（ヒステリックに笑う）わ

たしはちがうわ！

オルフェウはわたしと一週間もいっしょだったのよ。

わたしがいい女だから！

ミラ（両手を尻に当てて）

あんたが？　いい女だって……。

バナナの皮みたいにいい女……。

下水管の底みたいにいい女……。

わたしの足のうらみたいにいい女……。

あんたってそんな感じよ。ほんとにいい女ね！

女　（脅すように）

ふざけるんじゃないよ、ミラ……。

ミラ　（二歩、彼女のほうに歩み出て）

あんたこそ、ふざけるんじゃないよ！

（彼女に飛びかかり、ふたりは取っ組み合う。すぐに酒場の女たち男たちが駆け寄って、ふたりを引き離す。）

女　（もがきながら）

そいつを放しなさい、その女を放しなさい……。

来なさい、ミラ！　さあどうぞ！

ミラ　（身を引き解いて）

笑っちゃうわね……。

（周りの人びとは彼女を担ぎ上げ、ミラの仲間の女が何人か、彼女を取り

囲む。まもなく、酒場の中はもとの様子に戻り、新しいサンバが聞こえ、
みなの歌声と笑い声が続く。）

全員（声を合わせて《丘の嘆き》を歌う）

忘れない
輝く
きみの瞳
さよならと
言うため
生きつづける
運命の
恋人
朝が来て
ぼくから逃れてゆく

ある女

放っておきなさい、ミラ……。

ミラ　わたしは酔っぱらいたいだけよ！
　　　　そうね。何でもないわ……。

別の女　　　わたしも付き合うわ、ミラ……。

男　どうした、ミラ？　あいつらがおまえの文句を言ってるぞ……。
いい子になって、仲直りするんだ……。
飲んでサンバを歌おうぜ、ミラ
いつかは死ぬんだ……。

ミラ（突然、沈痛に）
　　　そのとおりね。いつかは死ぬ……。
この世界でただひとつ確かなもの。

（振り返って、突然、酒場に駆け込む。他の女があとに続く。まもなく、物音、話し声、叫び声で、ふたりが仲直りしたことがわかり、ばか騒ぎの雰囲気に戻る。直後に、誰かがカヴァキーニョ*で優しいショーロを弾きはじめる。幕は続き、舞台にオルフェウが登場する。木々のあいだを、茫然自失の態でまなざしを上にやりながら、用心深くやってくる。ギターを持っている。）

オルフェウ（囁き声で、沈黙を求めるように）
まだ早すぎるよ。月は
星たちにお乳をやっている……。
急がなくていいんだ。その時が来たら
空から降りてきてくれ、月みたいに
真っ白の服でね。世界はみんな
月のミルク、そして月はきみなんだ、ユリディス……。
この空を、ふわりと降りてきてくれ。
満月の光の糸をたどって
さあ、澄みわたった幻の、優しいきみ

＊カヴァキーニョ：ブラジル音楽で用いられる四弦の、ウクレレのような形の楽器。

きみの両腕で世界を抱きしめに来るんだ
世界はおれ、ユリディスなしでは
無でしかないおれ……。さあ。そうっと降りてきて
ここに姿を現して、魔法を解いて、ハシラサボテンの花みたいに
身を広げるんだ……。
ここでなら誰にも見つからないよ。叫んでる奴らに
見えはしない、見ることなんてできない。みんな目が見えないのさ。
見えるのは、すべての香りのなかにきみの空気を吸い
すべての微風《そよかぜ》にきみを感じるおれだけ
見えるのは、あらゆるものにきみを見出すおれだけ
あらゆる物音にきみの声を聴くおれだけ
夜のいちばんの深みから
きみを迎えるおれだけ
永遠に愛しいひと！　星たちを散らすきみの夜の歩みの静けさが
どれだけ深いことか！　きみの不在は
おれだけのもの、その不在のなかにどれだけ詩の奇蹟があることか！
闇のなかきみがゆっくりと目覚めてゆくその時のなかに

どれだけの音楽があることか！
ああ、きみがやってくる前のこの瞬間の美しさを
思う存分、感じさせてくれ……。
もう少し、もう少し待ってくれ、秘密が
あらゆる物事の秘密が、この瞬間のなかにある
訪れるきみに先立つこの瞬間のなかに。ねえ
聞いてくれ……。きみはどこにいるんだい？
おれにはまだ見えないのに、この夜更けのなか
きみの胸がおれに触れるのを感じている。誠実な天使であるきみ
木々の葉叢《はむら》の上で震えるその白い翼を
どこで休めているんだい？　ああ、見える
今きみが見える……。そこにいる……。どうしてそんなに悲しそうなんだ
おれのユリディス？　おれのユリディスを苦しめたのは誰なんだ？
そんなふうにしないでくれ……。どうして何も言わないんだ？
お願いだ、答えてくれ！　おれのユリディス
血まみれになって?!　だめだ！

（その瞬間、酒場の戸口に男が現れ、直後にミラが現れる。ひどく酔っていて、ややはしたない様子。女たちの集団が同じような様子でいっしょにいる。男も数人いる。だが彼らは、オルフェウを見ると、敬意を表して引き下がる。）

ミラ　（居丈高に、オルフェウを指し示して）こいつのことを話していたんじゃなかった？

男　放っとけよミラ……。

（ミラは体を揺すって彼から身をほどく。それを見て男は肩をすくめ、他の男たちに合図し、男はみなゆっくりと出てゆく。）

第二の男
さあ、みんな、もう行こうぜ。
もうおねんねする時間だ。
みんな、行こうぜ……。

第三の男
さあ、行こう、ミラ。
放っといてやれよ！（彼らは去る）

ミラ
放っといてやれよ、だって……。冗談きついわ……。
わたしのせいでこんなふうになったのに……こんなふうに狂っちゃったのに……。

女（嘲るように）
まあ、そうなの？　冗談はまた今度にして……。

第二の女（さらに大げさにばかにするように）
ほんとなの、ミラ？
（ふたりの女は大笑いしはじめ、他の女たちもすぐにあとに続く。そのふざけた雰囲気で、酔っぱらった女たちはたがいを突つき合ったり、サンバのステップを踏んだり、カポエイラごっこをしたりする。だが、場の空気は緊張し、脅威をはらんでいる。）

ミラ（怒り狂って）
ああ、誰もわたしを信じない……黒人女ども！
すぐにわかるわ……。

（オルフェウに近づき、彼を乱暴に揺さぶる。この場面の始めから女たちに気づきもしないようだった音楽家オルフェウは、われに返ってミラを見る。ミラは彼を揺さぶったのち、彼の頭を激しくかき抱いて、口にキスする。そのキスのさなか、オルフェウは目覚めて、彼女を遠くに突き飛ばす。ミラは他の女たちの上に転がり、何人かが倒れる。）

オルフェウス（錯乱して）

消え失せないと……。

消え失せろ、メス犬ども！

（脅すように握りこぶしを宙に突き出すが、その動作の途中でふたたび正気を失うよう。驚いたように高く見上げて、小さな声で呼ぶ。）

オルフェウ

幻……幻……。

（女たちは、ミラに唆《そそのか》されて取り憑かれたように、ナイフやカミソリを手にして、彼に飛びかかる。ラオコオン像のように、オルフェウは、彼を殺そうとする人の束から身をほどこうともがく。その後、一瞬だけ自由になり、血まみれで逃げ出し、女たちは彼を追う。）

最後の場面

オルフェウの掘建小屋のある場所。もぬけの殻。強い月光。

オルフェウ（血まみれで走ってくる）

ユリディス！　ユリディス！　ユリディス！（倒れる）

（黒い婦人が闇から現れる。）

黒い婦人（ユリディスの声で話す）

わたしはここにいるわ、オルフェウ。あとほんの少しであなたは永遠にわたしのもの。

オルフェウ（憔悴して）

おれを連れていってくれ、愛するひとよ……。

（女たちが、服はぼろぼろ、血まみれで、逆上して、走って舞台に入ってくる。倒れたオルフェウを見ると、殺到して、狂ったように、野蛮に彼に切りかかる。この虐殺のあと、女たちのなかからミラが立ち上がる。手にオルフェウのギターを持っている。それを思いきり、石壁越しに、遠くに投げる。楽器が当たる、怪物めいた恐ろしい音が聞こえる。だがすぐに、震えるような、神秘に満ちた、不確かな音楽が聞こえはじめる。女たちは恐怖に駆られて逃げ出す。黒い婦人がオルフェウの体に近づき、長いマントで彼を覆う。そのあいだにもオルフェウの音楽ははっきりとした、澄んだ、純粋なものになってゆく。オルフェウの死体をマントで覆う黒い婦人の姿は、しだいに消えてゆく。合唱隊の朗唱が始まる。)

合唱隊

〈女〉と〈死〉と〈月〉とが
オルフェウを殺すために集まって、運よく
オルフェウ、路上の魂を
心寛《こころひろ》く強き者、オルフェウを殺した。
だがそれら三つのものも、知らないことがひとつある。
オルフェウを殺すためには、〈死〉だけでは事足りない。
生まれて生きたあらゆるものは死ぬ

この世界で死なないのはただ、オルフェウの声だけ。

（幕）

ニテロイ、一九四二年

ロサンジェルス、一九四八年

リオ、一九五三年

最終版：パリ、一九五五年一〇月一九日

訳者あとがき

一九五八年八月から十二月にかけて撮影が行われた、フランス人監督マルセル・カミュの映画『黒いオルフェ』は、カーニヴァルの直中のリオデジャネイロを豊かな色彩で映し出し、楽園のようなその姿を世界中の人びとの心に刻みつけた。カンヌ映画祭でパルム・ドールを受賞したこの映画に対して、たとえば三島由紀夫は、「こんなに私個人の趣味に愬へるものばかりで出来た映画を見ると、注文もしないのに、日頃ほしいと思つてゐたものがみんな揃つた贈物をもらふやうに、却つて気味がわるく感じられる。ここには、湧き立つやうなリオ・デ・ジヤネイロの狂熱のカーニバルがある。オルフエのギリシア神話の現代版がある。そしてヴードウーに似たブラジル特有の神がかりがある」と、手放しの賛辞を贈っている。

いっぽう、ブラジルでの反応は芳しいものではなかった。その〝原作〟としてあまりにも名高いこの戯曲『オルフェウ・ダ・コンセイサォン』の著者——その称号は、のちにボサノヴァの詩人としての名声が上塗りされて、目立たなくなってしまうとはいえ——ヴィニシウス・ヂ・モライスは、大統領官邸で行われた『黒いオルフェ』の試写会を途中で退席したことが知られている。ヴィニシウスはのちに、カミュがブラジルをめぐる異国趣味の映画を作っただけだった、と述懐している。映画が公開された年に十八歳で観たというバイーア生まれの歌手カエターノ・ヴェローゾは、「魅力ある異国趣味の映画を作り上げるための、恥知らずのまがいものの数々を見て、ぼくも他の観客も笑い、恥ずかしくなった」とまで書いている。

バラク・オバマは、学生時代にニューヨークにいる自分を訪ねてきた母と妹といっしょに、近くで再上映していた『黒いオルフェ』を観に行ったことを、自伝に記している。十六歳で初めてこの映画を観たときに「これまで見たもっとも美しいもの」だと思った母の強い希望によるものだったという。無邪気に歌い踊る黒人たち、貧しいけれど陽気な黒人たちという古めかしい紋切り型にうんざりしてか、若きバラクがもういいだろうと思って席を立とうとすると、銀幕に注がれる、母のうっとりとしたまなざしに出会った。カンザスで生まれ育った白人の母が十七歳でハワイに移り住んだとき、同じような幻想、「温かく、官能に満ちた」別世界への夢を抱いていただろうことに、バラクはそのとき気づいた。「人種と人種のあいだの感情は、純粋なものではありえない。愛の感情でさえ、自分に欠けている何かを他者のうちに見出そうとする欲望に染まっている」という彼の研ぎ澄まされた省察は、わたしたちがありとあらゆる他者に注ぐまなざしに当てはめてみるべきものかもしれない。

ヴィニシウスの『オルフェウ・ダ・コンセイサォン』は、一九五六年、リオデジャネイロ市立劇場、次いでレプーブリカ劇場で上演された。その二日目、アリステウを演じていた俳優アビヂアス・ド・ナシメント――のちに『ブラジル黒人の大量虐殺』などの著書でも知られることになる黒人運動の主導者のひとり――が、おそらく詩人が黒人の俳優たちに無給での出演を求めていたことをめぐって、「黒人を利用している」とヴィニシウスを糾弾した。このとき解雇されたアビヂアス・ド・ナシメント――その代役は顔を黒く塗った白人のシコ・フェイトーザが務めたという――はのちに、映画『黒いオルフェ』に対して、「音楽、ダンス、リズム、色彩、幸福、愛などすべてが、異国情緒と土着のものを貪欲に求める消費者である世界市場向けの商品を作り上げるのに貢献している」と、奇しくもヴィニシウスと同じような批判を向けていると同時に、ヴィニシウスの戯曲についても、カーニヴァルの黒人たちのパーティが「冥府」に当てられていることに疑問を投げかけている。

マルセル・カミュの、そしてプロデューサーのサシャ・ゴルディーヌの異国趣味を嘆くヴィニシウス本人にもしかし、アフリカ系の人びとに対する異国趣味がまったくなかったとは言い切れない。ヴィニシウスはこの戯曲に寄せた文のなかで、次のように書いている。


黒人はみずからの文化を有し、独自の気質を持っている。そしてブラジル社会の人種複合体のなかに組み込まれつつもつねに、みずからの文化の道を歩む必要性を表明し、ブラジル文化一般に対して、真に個人的な貢献を果たしてきた。肌の色、信条、階級から自由なあのブラジル文化に対して、である。

この戯曲はそれゆえ、著者と興行主、上演に参加したひとりひとりからの、ブラジルの黒人が、不安定な生存条件のもとにあるにもかかわらず、ブラジルに多くを与えてくれたことに対する、彼らへのオマージュである。

ここには、一九三三年の名著『大邸宅と奴隷小屋』で歴史学者ジルベルト・フレイレが打ち出した、ブラジル社会は白人、黒人、先住民それぞれの貢献によって成り立つものであるとする思想――現在ではごくあたりまえのように思えるが、ブラジルを〝優等な〟国にするためには国民の〝白色化〟が不可欠である、とまじめに議論されていた当時には、人びとの考えに革命をもたらす思想だった――の明らかな影響が見て取れる。同じ文のなかでヴィニシウスは、アメリカ人作家ウォルドー・フランクとともにリオでアフリカ系の人びとの宗教儀式を見て回ったとき、「自分が何よりも黒人の精神で満たされているのを感じた」と書いている。黒人のオルフェウスは、ヴィニシウスにとっても、外からのまなざしをみずからのものとすることによってこそたどり着きえた発想だった。

ヴィニシウスの戯曲は、一九五四年にサンパウロの雑誌『アニェンビ』に掲載されて初めて公になった（主人公の名前に「ダ・コンセイサォン」とつけられたのは、ヴィニシウスに投稿を薦めた詩人ジョアン・カブラル・ヂ・メロ・ネトの助言によってだという。「無原罪の宿り」という、それ自体深読みを誘う意味を持つ「コンセイサォン」は、ここではオルフェウの住む丘の名前だと思われる。ただ、リオには実際にこの名前の丘があるが、それを指すものか否かは定かではない)。この戯曲をもとにしたマルセル・カミュの映画『黒いオルフェ Orfeu negro』が封切られたのは五九年。それから十年あまり遡る四八年、セネガルの詩人レオポール・セダール・サンゴールが編んだフランス語黒人詩の選集に、フランスの哲学者ジャン＝ポール・サルトルは「黒いオルフェ Orphée noir」という序文を寄せていた。この名前のあからさまな偶然の一致については、筆者の知るかぎり、ブラジルの詩人、フランスの映画監督と哲学者の三者とも、言及したことはない。

ヴィニシウスは『オルフェウ・ダ・コンセイサォン』成立の経緯について、黒人のオルフェウスを思い付いて第一幕をひと息で書き上げたのが四二年、未完のままだった第二幕を書き上げたのがロサンジェルスに大使として滞在していた四八年、と詳しく語りながら、サルトルの文章に想を得たという可能性がなかったことを暗に、だが念入りに説こうとしているようにも見える。フレイレの思想に依りつつも、黒人のオルフェウスが自前の発想であることを誇っていたのかもしれない。

とはいえ、四八年に『オルフェウ・ダ・コンセイサォン』を書き上げた時点ではたしかに知らなかっただろうサルトルのこの論を、ヴィニシウスがその後、サンゴールの編んだ詩選集で、あるいはその論を収めた四八年刊の『シチュアシオンⅢ』で、あるいは五〇年一月にブラジルで発刊された『キロンボ2』誌五号に載ったイロニーヂス・ロドリゲスによるポルトガル語抄訳を通じて、たとえば映画『黒いオルフェ』が公開される五九年頃までに、知った可能性は小さくはないと思われる。ヴィニシウスは、他のブラジルの詩人たちと同じく、フランスの詩や哲学に通じていた。
奇しくも、映画『黒いオルフェ』公開の翌年、六〇年八月から九月にかけて、ジャン＝ポール・サルトルは、作家ジョルジ・アマードとゼリア・ガッタイ夫妻に導かれて、妻シモーヌ・ド・ボーヴォワールとともにブラジル各地を訪れている。しかし、おそらくは期待に反して、黒人の闘争と黒人性《ネグリチユード》をめぐる彼の思想の理解者に会うことはできなかった。アントニオ・セルジオ・アウフレード・ギマランイスの論文“A recepção de Fanon no Brasil e a identidade negra”によれば、「サルトルとボーヴォワールが、ブラジルの黒人が人種主義の犠牲者である、と考える者には出会わなかったことは明らかである。彼らが出会ったのは反対に、一様に、黒人への差別は経済の面におけるものであり、解放闘争は階級をめぐるものにならなければならない、とする議論だった」。アマード夫妻によるフランス語での案内が行き届いたものだったのか、またボーヴォワールの洞察がよほど鋭いものだったのか、ポルトガル語を解さない者が二ヵ月だけブラジルに滞在して書いたとは信じがたいすばらしいルポルタージュとなっている日記に、ボーヴォワールはこのように書いている。

主人と使用人は、表立っては、同等な立場で生活している。イタブーナで、ファゼンダの管理人がわたしたちにお酒を振る舞ったとき、わたしたちの車の運転手もサロンでわたしたちといっしょに飲んだ。溝はもっと深くにある。管理人たちはプランテーションの労働者たちを同等どころか、人間としてすら取り扱っていない。［……］それから、サロンや大学やわたしたちの講演会の聴衆のなかにチョコレート色やミルクコーヒー色の顔を見たことは一度もなかった。サンパウロのある講演会で、サルトルはそのことをはっきりと指摘したが、訂正した。というのは場内に黒人がひとりいたからである。が、その男はテレビの技術者だった。人種差別は経済条件にもとづく。そうかも知れない。事実は、奴隷の子孫は皆プロレタリアートのまま残っているのだ。そして、ファヴェーラの貧しい白人たちは黒人たちに対して優越感を抱いているのである。(『或る戦後』朝吹登水子・二宮フサ訳、一部改訳)

サルトルや、この頃サルトルに影響を与えていたマルティニーク生まれの思想家・革命家フランツ・ファノンの思想を理解し、闘争に結びつける黒人の対話者には、『オルフェウ・ダ・コンセイサォン』上演の際にヴィニシウスと諍《いさか》いを起こしていた、あのアビヂアス・ド・ナシメントのような人物こそふさわしかっただろうが、彼を含めたブラジル黒人運動の主導者にサルトルらが会った形跡はないと、ギマランイスは伝えている。じつはサルトルは、ジョルジ・アマードとともにリオデジャネイロを訪れた折り、ヴィニシウスに会っている。だがボーヴォワールは、パーティの喧噪のなかで聞き落としたのか、あまりにも耳慣れない響きなので日記を書くまでのあいだ記憶しておくことさえできなかったのか、ヴィニシウスの名前さえ記してはいない。

ヴィラ・ロボスを除けば、わたしたちはブラジル音楽はあまり知らなかった。カーニヴァルを準備する「エスコーラ・ヂ・サンバ」は、まだ開いていなかった。アマードはわたしたちにいろいろレコードを聞かせてくれた。彼はひとりの作曲家を招き、その人がギターを弾きながら歌った。『黒いオルフェ』の作者がわたしたちのために、一夕、パーティを開いてくれた（彼は全然この映画が気に入らず、自分の意図が欺かれたと言っていた。わたしの会ったすべてのブラジル人は、安易で偽りのイメージをブラジルに与えたと言ってマルセル・カミュを非難していた）。わたしたちは彼の家で、ピアノやギターを弾いたり歌ったりする「ボサノヴァ」の一団の少年少女たちに会ったが、その演奏は、あまりにもおとなしいので、それに比べれば、もっとも「クール」なジャズでさえホットに感じられるくらいである。（同前）

『黒いオルフェ』の作者――正確には『オルフェウ・ダ・コンセイサォン』の作者――は、他のところでもたびたび口にしていた映画『黒いオルフェ Orfeu negro』への不満を、自宅を訪れた「黒いオルフェ Orphée noir」の著者に対しても繰りかえした。だが、ボサノヴァが奏でられたヴィニシウスの家――実際には、ジョゼ・カステーロのヴィニシウス伝によれば、ヴィニシウスの当時の恋人ルシーニャ・プロエンサが所有する、リオ南部ランジェイラスにあるエドゥアルド・ギンリ公園を見下ろすアパートメントだったようだ――でのパーティの折り、これらの題の偶然の一致をめぐって誰もが奇妙なまでの沈黙を保ったことは、そうでなければブラジルの人種問題や差別意識について重要な議論が行われたかもしれないことを考えると、残念なことである。ヴィニシウスとルシーニャ、サルトルとボーヴォワールの四人が窓からエドゥアルド・ギンリ公園を見下ろす姿が見られたということを除けば、ヴィニシウス伝の著者ジョゼ・カステーロでさえ、この一夜のことについて何も記していないところを見ると、会話は弾まなかったのかもしれない。

これに先立つある日、フランス人哲学者夫妻をリオの自宅に泊めていたジョルジ・アマードが呼んだ「ひとりの作曲家」が誰なのかは定かではない。しかしアマードは本当はこのふたりのために、ブラジル音楽に革命をもたらしたボサノヴァを生んだ——アマードにとっては義理の息子に当たる——あの若き歌手・ギタリスト、ジョアン・ジルベルトを呼びたかったらしい。アマードが電話をかけると、ジョアンはすぐに行くよと二つ返事で答える。しかし、ルイ・カストロの『ボサノヴァの歴史』によれば、「サルトルとボーヴォワールはすでに死んでしまったが、ジョアン・ジルベルトは未だにやってきていない」。

しかし、ブルーズで踊る黒人たちの、苦しみ、エロス、よろこびの分かちがたい結びつきが、そのリズムのうちにある、とハーレムの音楽を讃えていたサルトルが、ボーヴォワールと同じように、聞き慣れない白人の「おとなしい」音楽に退屈していたとすれば、歌を披露するのがジョアン・ジルベルトであろうがなかろうが、どうでもよいことだっただろう。あるいは彼らは、エスコーラ・ヂ・サンバはまだ練習を始めていないなどと言い訳をせずに、丘のファヴェーラに赴いて黒人のサンバを聴くべきだったかもしれない。ボーヴォワールは、この一夜についてあとは、サルトルがグラマラスな少女たちに目を奪われていたことにしかふれていない。パーティの招待主であるヴィニシウスがこの五年後、「世界中の若者たちの苦しみ」、また「ブラジルの若者たちの、新しい知性、新しいリズム、新しい感性、新しい秘密」と呼ぶことになる音楽は、『存在と無』の哲学者の耳には届かなかったようだ。

戯曲『オルフェウ・ダ・コンセイサォン』から映画『黒いオルフェ』への翻案という懸隔で、異国趣味から生まれた〝欺き〟や〝まがいもの〟が紛れ込んだいっぽうで、失われたもっとも大きなものと思われるのは、前者におけるオルフェウの両親の存在感である。

後者とは異なって、前者は、オルフェウとユリディスの悲恋の物語ではない。たしかに、ふたりの主役の恋がこの戯曲の中心にあることはまちがいない。ただ、第一幕はオルフェウの母クリオが息子の運命を案じるところから始まる。「母さんだっておまえのものだし、女はひとり残らずおまえのもの」、「でも母さんの愛にかけて、結婚はやめておくれ」などと畳みかける一連の台詞には、過剰な母親の愛を——というか、それを期待する息子としての詩人の願望を——読み取らずにはいられない。第三幕には、ユリディスの死でオルフェウが正気を失ったために錯乱したクリオが、ユリディスを「その顔に爪を突き立ててやる」、「この指で眼を引き抜いてやる」、「あばずれの死体を掘り出して、腐って、ぼろぼろになって、虫だらけになっているのを見るために」といった禍々しい言葉で呪う場面が置かれている。

このようなあからさまに行きすぎた愛の描かれ方を見ると、この母クリオの息子オルフェウへの愛がオルフェウとユリディスの恋物語という絵画を引き立たせるための額縁なのではなく、オルフェウとユリディスの恋物語という絵画が逆に、クリオのオルフェウへの愛というそれ自体の価値のほうが高い額縁をより美しく見せるための引き立て役になっているようにさえ思える。一九三三年、詩人が二十歳になる年に刊行された最初の詩集『彼方への道』に収められた《ぼくの母さん》と題された詩でヴィニシウスは、母親への決して満たされることのない渇望を吐露している。

母さん　母さん　ぼくは怖いよ
人生が怖いよ　母さん
昔歌ってくれた　あの優しい子守唄を歌ってよ
屋根の幽霊が恐くて　ぼくが必死に
母さんの膝に走っていったときに歌ってくれた。
不安でいっぱいなぼくの眠りを　あやしてよ
ぼくの腕を優しく叩いて
だってすごく怖いんだよ　母さん。
その目の優しい光をちょうだい
光のない　安らぎのないぼくの目に
悲しみには　永遠に待ち続けてどっかに行くように
言ってやって。ぼくの存在から巨大な苦しみを追い出して

そんなものはいらないし　耐えられもしないから
苦しい額に　キスをしてよ
熱で燃えるみたいなんだよ　母さん。

やはり『黒いオルフェ』には登場していない父親アポロがオルフェウにギターを教えたとされている点にも、ヴィニシウス本人と父親の関係を読み取ることができるように思われる。ヴィニシウスは幼い頃、父親が鍵をかけて抽き出しにしまっていた詩を盗み、同級生の女の子にプレゼントしたことがあるとジョゼ・カステーロは伝えている。ヴィニシウスはのちに「父親から二度と詩を盗まなくてすむよう、本当に詩人になることを決意した」と語っている。ヴィニシウスにとって詩作は、父王ライオスを殺めて母イオカステーと結ばれるオイディプスが、みずからは与り知らぬままに抱いていたあの無意識の願望を実現するためのものだったのかもしれない。

トム・ジョビン——この舞台をきっかけにヴィニシウスに出会った——の美しい旋律で知られるこの戯曲のなかの名曲《誰もがきみみたいなら Se todos fossem iguais a você》のなかの、「誰もがきみみたいだったら人生はすばらしいだろう」という一節について、年上の共作者ヴィニシウスに物怖じすることのなかったトムは、誰もが自分の好きなひとみたいだったらって想像してごらんよ、ひどい世界だよ、と言ったという。その指摘に気を悪くしてか否か、ヴィニシウスは、詩には理屈なんていらない、こういうばかげたことを言うとみんなは気に入るんだ、と答えた。

この、一見奇妙な空想はしかし、戯曲の第二幕で、オルフェウが死んだユリディスを探しにカーニヴァルのさなかにナイトクラブで行われる黒人のダンスパーティに赴くと、そこで踊るすべての女たちがユリディスに見えるという場面で、現実のものになっているようにも思える。このような解釈が突飛すぎると思えないのは、よく知られているように九回結婚した詩人ヴィニシウスが、みずからの人生のなかでも、ユリディスの幻、あらかじめ失われていた理想のひとの幻を、追いかけ続けていたように思われるからである。ボサノヴァの名曲の数々は、終着地が初めから存在しないその永遠の彷徨のなかで生み出されていった。

本書の底本には Vinicius de Moraes, *Poesia completa e prosa*, Rio de Janerio, Nova Aguilar, 1998 を用い、Vinicius de Moraes, *Teatro em versos*, São Paulo, Companhia das Letras, 1995 を適宜参照した。作中に現れる当時のリオ口語についてはふたりの友人 Christopher Zoellner、Eunice Suenaga から、ギリシア神話については同僚の古典学者である上野愼也氏から、それぞれ貴重な助言を受けたことに深い感謝の意を表したい。なお本書は、共立女子大学総合文化研究所の、平成二十八年度の出版助成を受けて刊行された。

マリオ・ヂ・アンドラーヂ『マクナイーマ――つかみどころのない英雄』に続き、わたしたちの国では、存在を長らく知られながらほとんど誰にも読まれたことのなかった幻の作品を世に送り出すことを可能にしてくださった松籟社の木村浩之さんには、どれだけ感謝しても感謝しきれない。

一九五四年に刊行された美しい版の表紙に描かれたカルロス・スクリアールの絵に想を得た、やはり類なく美しい表紙の絵を描いてくださった安藤紫野さんには、まだ一度もお会いしたことはないので、いつか直接お礼を言いたいと思う。

作中の五曲《女のひとの名前 Um nome de mulher》、《誰もがきみみたいなら Se todos fossem iguais a você》、《女は、いつも女は Mulher, sempre mulher》、《ぼくと恋人 Eu e o meu amor》、《丘の嘆き Lamento no morro》の歌詞には、そのまま歌える訳詞を当てている。ひとりギターで弾き語りしながら日本語の歌詞を作る作業は、訳者にとって至福のひとときとなった。

二〇一六年六月

福嶋伸洋

［訳者］

福嶋　伸洋　（ふくしま・のぶひろ）

1978年生まれ。東京大学文学部西洋近代語・近代文学科卒業、東京外国語大学大学院博士後期課程単位取得退学。博士（学術）。

現在、共立女子大学文芸学部准教授。NHKラジオのポルトガル語講座、カルチャーラジオ『ボサノヴァとブラジルの心』講師も務めている。

著書に『魔法使いの国の掟――リオデジャネイロの詩と時』（慶應義塾大学出版会）、『リオデジャネイロに降る雪』（岩波書店）がある。

訳書に『マクナイーマ――つかみどころのない英雄』（松籟社）など。

〈創造するラテンアメリカ〉5

オルフェウ・ダ・コンセイサォン

三幕のリオデジャネイロ悲劇

2016年9月30日　初版発行　　定価はカバーに表示しています

著　者　ヴィニシウス・ヂ・モライス
訳　者　福嶋　伸洋
発行者　相坂　一

発行所　松籟社（しょうらいしゃ）
〒612-0801　京都市伏見区深草正覚町1-34
電話　075-531-2878　振替　01040-3-13030
url　http://shoraisha.com/

印刷・製本　モリモト印刷株式会社
装丁　安藤　紫野

Printed in Japan

 ISBN978-4-87984-348-7 C0397

【松籟社の本】

創造するラテンアメリカ１

フェルナンド・バジェホ『崖っぷち』（久野量一 訳）

瀕死の弟の介護のため母国コロンビアに戻った語り手が、死と暴力に満ちたこの世界に、途轍もない言葉の力でたった一人立ち向かう。

［46判・ソフトカバー・160頁・1600円＋税］

創造するラテンアメリカ２

セサル・アイラ『わたしの物語』（柳原孝敦 訳）

「わたしがどのように修道女になったか、お話しします。」――ある「少女」が語るこの物語は、読者の展開予想を微妙に、しかしことごとく、そして快く裏切ってゆく。

［46判・ソフトカバー・160頁・1500円＋税］

創造するラテンアメリカ３

マリオ・ヂ・アンドラーヂ『マクナイーマ　つかみどころのない英雄』（福嶋伸洋 訳）

ジャングルに生まれた英雄マクナイーマの、自由奔放で予想のつかない規格外の物語。ブラジルのインディオの民話を組み合わせて作られた、近代ブラジル小説の極点的作品。

［46判・ソフトカバー・264頁・1800円＋税］